달빛 조향사 1□

가프 현대 판타지 소설

초판 1쇄 찍은 날 § 2021년 11월 12일
초판 1쇄 펴낸 날 § 2021년 11월 19일

지은이 § 가프
펴낸이 § 서경석

총괄팀장 § 노종아
편집책임 § 박현성
디자인 § 스튜디오 이너스

펴낸곳 § 도서출판 청어람
등록번호 § 제387-1999-000006호
등록일자 § 1999. 5. 31
어람번호 § 제1-3163호

주소 § 경기도 부천시 부일로 483번길 40 서경B/D 3F (우) 14640
전화 § 032-656-4452 팩스 § 032-656-4453
http://www.chungeoram.com
E-mail § chungeorambook@daum.net

ⓒ 가프, 2021

ISBN 979-11-04-92396-8 04810
ISBN 979-11-04-92324-1 (세트)

가프 현대 판타지 소설

달빛
조향사

10
[완결]

MODERN FANTASTIC STORY

달빛
조향사

목차

제1장. 대박 그리고 대박 · 007

제2장. 물 들어올 때 노 저어라 · 053

제3장. 대륙 VIP들을 홀린 향수 · 097

제4장. 소코트라에서 영감을 · 159

제5장. 블랑쉬 하우스,
세계 조향의 기준이 되다 · 217

제6장. 역대급, 그 이상의 향수 · 261

에필로그. 달빛 조향사 · 289

제1장

—

대박 그리고 대박

달빛 영감은 숙명적인 숙제가 되었다.

피렌체에서 꽂힌 후로 강토는 달빛 생각을 많이 했다. 추진진의 밤에 피는 꽃 향과 맞물리니 더욱 그랬다.

하우스는 나날이 초호황이었다.

유럽으로 보낸 밀라노 패션쇼 향수는 돌풍을 일으켰다. 유행을 선도하는 사람들에게 제대로 먹혔다. 그들은 그걸 개성이라고 불렀다. 시프레와 플로럴 등에 식상해진 향수 마니아들의 마음을 사로잡은 것이다. 그중에서도 AI와 우주 향수1과 2가 반응이 좋았다.

이 세 향수는 발매 즉시 완판은 물론 예약만 각각 10만 보틀을 넘고 있었다. 덕분에 강토와 상미, 이린은 몸살이 날 정도로 향료 블렌딩에 매달려야 했다.

가장 큰 문제는 병입 과정이었다. 대한 콜마의 라인 확보가 곤란해진 것. 느닷없는 대량 주문이기 때문이었다. 그나마 조 사장의 배려로 해결이 되었다.

"한국 브랜드로 유럽에 나간다니 다른 거 미루고라도 해 드려야죠."

그의 배포였다. 강토는 병입당 가격을 올려 보답을 했다.

대한 콜마.

이제는 이런 라인의 필요성을 느꼈다. 그래야 시그니처의 대박이 대량 주문으로 이어질 때 원활하게 공급할 수 있는 것이다.

쾌거는 그것만으로 그치지 않았다. 드라고코 리포트에 강토의 전면 기사가 실렸고 보그 미국판도 특집으로 꾸며졌다. 향수의 히트와 기사가 주는 메시지는 닮은 모습이었다.

「세계가 주목하는 조향사」
「향의 본질을 꿰는 천재」
「퍼펙트 어코드」
「만인을 매혹시키는 동양의 연금술사」

강토의 위상이 확 올라갔다.

'돈은 달라는 대로 줄 테니 만들어만 주세요.'

그런 고객들이 줄을 섰다. 1억을 선불로 가져오는 강남 사모님들도 있었고 고급 아파트 단지 부녀회에서는 회원 20명이 5억을 선불로 맡기고 가는 해프닝도 있었다.

연예인들은 더했다. 특히 시상식이나 시사회 등이 그랬다. 여자 연예인들은 드레스 쟁탈전 못지않게 향수에 신경을 썼으니 하우스에는 청탁도 줄을 서고 있었다. 오죽하면 손윤희와 은나래가 자기 이름을 팔고 오는 연예인들은 다 무시하라고 했을 정도였다.

아네모네의 상표를 단 강토의 향수 또한 판매 기록을 갈아치웠다. 유럽과 미국의 판매가 두세 배로 신장되고 일본을 위시해 태국 등지의 백화점에서도 주문이 쏟아졌다. 연차만 채우면 올해의 향수 어워드도 문제가 없을 판이었다.

인터뷰 요청과 방송 출연 요청 역시 주체하기 어려울 정도로 쏟아졌다.

딱 한 프로그램의 섭외만 받아 주었다. 은나래가 진행하는 오락프로그램이었다. 수락의 이유에 상미와 다인이 있었다. 블랑쉬 하우스의 주요 인물들인 그들의 노고도 함께 조명해 주고 싶었다. 그들과 함께 출연하는 것을 옵션으로 걸자 은나래가 흔쾌히 옵션을 받아들였다.

강토의 향수 세계 조명에 이어 흥미를 끈 건 자몽과 망고향의 레이어링이었다. 일반인에게 향수를 뿌려 출연시킨 후에 나이를 맞히는 장면이었다. 대본 없이 진행된 이 프로그램에서 세 명의 일반인 출연자들은 평균 7세 정도 어리게 보이는 것이 증명되었다.

레이어링은 상미가 담당을 했다. 그것 외에도 향수를 바르게 뿌리는 다양한 비법도 시연을 했다. 가벼운 향과 무거운 향의 조화, 상체와 하체의 조화, 나아가 강토가 유행시킨 짝꿍 향수처럼 앞뒤로 다르게 뿌리는 것까지.

다인은 향에 대한 상식을 알려 주었다. 그 향을 관리하는 방법도 공개를 했다.

강토는 카메라 앞에서 즉석 향수를 만들었다. 특별한 주정을 준비했으므로 숙성의 우려는 건너뛸 수 있었다. 특급 게스트로 꾸려진 미녀 스타들은 그 향수에 녹았다.

그건 시작에 불과했다. 이날의 백미는 추진진을 위해 준비 중인 향수였다. 밤에 피는 꽃들 중에서 몇 개의 향을 골라 진행 중인 향수. 밤나팔꽃과 재스민, 박꽃과 하늘타리의 향의 매력이 스타들의 심장을 찌른 것이다.

퍽.

에로스의 화살 못지않은 관통이었다.

시청률 42%.

은나래의 프로그램 중에서 최고의 기록을 찍는 날이 되고 말았다.

이 출연은 하우스의 운영에도 큰 도움이 되었다. 늘 강토만 찾던 고객들에게 상미와 다인의 인지도가 확 올라간 것이다.

"나보고 사인해 달라는 사람도 있어."

가의도로 내려간 다인의 말이었다.

추진진의 향수는 이제 완성이 되었다.

박꽃, 초콜릿 플라워, 월하미인, 빅토리아 연꽃에 재스민으로 주요 구성을 했다. 재스민은 추진진의 트레이드마크 같은 향. 당연히 한 자리를 주었다. 이들 다섯은 모두 밤에 피는 꽃이다. 여기에 낮의 꽃 하나로 화룡점정을 찍었으니 바로 목화였다. 목화와 연꽃은 미녀들의 상징 꽃이다. 예쁜 여자들에게서는 이 냄새가 난다. 즉, 추진진을 돋보이게 하려는 구성이었다.

나머지 미들과 베이스 노트는 플로렌틴 아이리스로 한 번, 용연향으로 또 한 번 정화를 시켰다. 신부의 순결함을 강조하는 구성이었다.

신랑의 향수는 햇빛의 이미지와 함께 거친 야성미를 살렸다. 이 구상은 할아버지 덕분에 영감을 얻었다. 햇빛은 일찌감치 찾아놓았다. 한여름의 햇빛 냄새는 신선한 건초를 증류한 순수 원액이 딱이기 때문이었다.

하지만 그것 하나로 향수를 만드는 건 아니었다. 미치도록 순결한 신비에 대비되는 거친 야수미가 필요했다.

클라리세이지.

강토의 출발은 이 향료였다. 스파이시한 첫 인상 안에 야수성이 담겨 있다. 오일에서 앱솔루트까지 다 동원해 보지만 강토가 그리던 향에는 살짝 미달이었다.

그날은 용연향을 추가로 꺼낸 날이었다. 조각을 내어 알코올에 담그고 욕실로 향했다. 낯선 비누가 있었다. 시골 장터에서나 볼 수 있는 조악한 제품이었다. 손 한 번 씻는 것이니 그냥 사용했는데…….

"……?"

물기를 닦던 강토가 화들짝 놀랐다. 용연향이 묻은 손, 그걸 씻어 낸 비누 향. 두 개가 어우러지면서 야수의 향을 이루고 있었다.

'이거?'

다시 확인했다. 강토가 찾던 그 냄새였다.

바로 실험에 돌입했다. 비누 향을 용연향에 섞었다.

'유레카.'

강토 혼자 쾌재를 불렀다. 그림에 하이라이트를 넣고 있던 할아버지에게 돌발 허그 폭탄을 날렸다. 진리를 발견한 듯 행복한 순간이었다.

비누 공장을 찾아 원료를 구했다. 그것으로 신랑의 향수는 8부 능선을 넘었다.

여러 스케치 끝에 베르가모트에 블랙커런트, 파출리와 핑크베리를 선발했다. 블랙커런트로 터프한 느낌을 한 번 더 강조한 것이다.

마무리 화룡점정은 뮤게 향을 머금은 리오랄로 찍었다. 거친 야수미에 깃든 섬세한 뮤게. 듣기만 해도 위태로워 보이지만 리오랄이라면 가능했다. 이 향은 미운 오리에서 백조가 된 향으로 불린다. 매우 강력한 파워를 가지고 있지만 겉으로 드러내지 않는 인내심을 갖춘 것이다. 게다가 상징적인 매칭도 좋았다. 누군지 모르지만 그 남자, 추진진의 선택을 받았다면 백조가 된 것이 아닐까?

"배 실장."

마무리를 마친 날 상미를 불렀다.

"대표님."

"바쁘지?"

"좀……."

"직원 더 뽑아야 하는 거 아니야?"

"안 그래도 그 부탁하려고."

"필요하면 몇 명 뽑아."

"학교에 특강 간다면서? 대표님이 한두 명 정도 찜해 오면 어떨까?"

"내가?"

"그거 생각 안 나? 아네모네 유쾌하 실장님 오시던 날."

"생각나지."

"그치? 어떻게든 그 눈에 들어서 인턴 한번 나가 보고 싶었잖아? 그렇게 연결되어 취직도 하고 싶었고."

"그랬지."

"며칠 전에 이린이가 동아리에 한턱 내러 나갔다가 후배들에게 들었는데 우리 하우스에 오고 싶은 학생들이 줄을 섰대. 구경만이라도 하고 싶다고 난리라는 거야."

"이린이 동아리도?"

"응?"

"그럼 좀 한가할 때 오라고 해."

"진짜?"

"응."

"대박, 이린이가 좋아 죽으려고 할 거야."

"학교에서 내가 직접 골라 온다… 생각만 해도 심쿵인데?"

강토가 창밖을 바라보았다.

"그건 그렇고 왜 불렀어?"

"아, 그렇지. 타이틀."

"추진진 결혼 향수?"

"응, 부탁해."

"알았어. 머리 좀 굴려 볼게."

상미가 지시를 받들었다.

그 며칠, 강토는 영감 여행을 떠났다.

달빛 향수 때문이었다.

보라색 달빛이 내린다는 서해의 자월도가 시작이었다. 달과 관련된 국내 명소를 다 돌았다. 달빛을 건지기 위해서였다. 이순신 장군의 시로 유명한 한산섬도 그중 하나였다. 그 밝은 달을 받으러 간 것이다.

돌아오는 길에 가의도에 들렀다. 꽃은 이제 여름에서 가을로 넘어와 있었다. 봄의 꽃 향들이 여리여리 포근하다면 가을의 향은 달고 진한 것들이 많았다.

다인의 숙소에서 우럭 회와 매운탕으로 배를 채우고 꽃의 평원을 걸었다. 달빛이 강토를 따라왔다. 강토 발이 평원 끝에 자리한 월광소에 닿았다. 시원한 물줄기가 쏟아진다. 그 물이 고인 작은 소에 달빛이 청명하다.

'아.'

그때 또 다른 영감이 강토 가슴으로 녹아들어 왔다. 원효대사는 작은 샘물에서 진리를 깨달았단다. 강토도 그걸 알았다. 비록 작은 소지만 오염 한 점 없는 이곳. 여기 내려온 달빛의 향이야말로 강토가 찾던 그 달빛 향이었다.

＊　　　＊　　　＊

「pure Moon의 햇살 마중」
「밤에 뜬 wild Sun」

서울로 돌아오자 상미가 추진진의 작명을 내밀었다.

두말없이 오케이를 날렸다. 향수만큼이나 센스가 넘치는 타이틀이었다.

샘플을 담아 추진진에게 보냈다. 그녀의 허락을 얻으려는 건 아니었다. 오랜 기다림에 대한 예의였다. 국제 특급으로 날아간 향수는 이틀 후에 그녀의 목소리로 돌아왔다. 굉장히 들뜬 목소리였다.

—닥터 시그니처.

"안녕하셨어요?"

영국 여왕의 향수를 스케치하던 참이었다. 향료를 밀어 두고 전화부터 받았다.

—맙소사, 저 기절할 뻔했어요.

"마음에 드셨나요?"

—당연하죠. 벌써 제 몸에 뿌렸어요. 저희 직원들도 난리예요.

"마음에 든다니 다행이네요."

—닥터 시그니처의 작품이잖아요. 밀라노에서의 패션쇼, 나중에 챙겨 봤는데 어마어마하더군요. 그 자리에 못 간 게 유감이에요.

"결혼식 준비는 잘되고 있나요?"

—제 결혼의 포인트는 당신 향수예요. 이걸 받고 보니 내일이라도 식을 올리고 싶네요.

"아무리 그래도 기본 숙성은 하는 게 좋아요."

—당연하죠. 그이에게도 전화했는데 지금 달려오는 중이래요.

추진진의 마음은 달빛처럼 높은 곳에 떠 있다.

통화를 마치고 추진진의 향수 샘플 하나를 꺼내 들었다. 뚜껑을 열지 않아도 포뮬러가 그려진다. 향은 어제보다 그제보다 맛나게 익어 간다. 추진진의 체취 때문에도 더욱 그랬다. 그래도 진짜 마무리는 추진진 자신이다. 이 향은 그녀의 몸에 뿌려질 때 비로소 최고의 활성을 이루기 때문이었다.

재스민.

추진진 향수의 핵심이다. 이번 향수에 들어간 비율은 적었지만 매혹을 더해 줄 것이다.

감격을 미뤄 두고 현실로 돌아온다.

여왕의 향수…….

여왕의 핵심은 장미였다. 영국은 장미의 나라, 원래부터 좋아한다니 굳이 다른 주제를 택할 필요도 없었다.

가만히 여왕의 스카프 냄새를 불러 본다. 기력이 바닥이다. 이런 사람들은 진한 향수를 감당할 수 없다. 하지만 장미 향은 깊고 날카롭다. 그렇다면 향료의 비율을 확 떨어뜨리면 어떨까? 20—10%가 아니라 1—2% 정도라면?

그건 향수가 아니지.

강토가 웃는다. 오 데 코롱도 그보다는 나을 것이다.

턱을 괴고 오르간의 향료를 바라본다. 장미의 매력을 살포시 눌러 줄 향료는 무엇일까? 장미 향을 뿌리고 그 위에 아기 향수를 뿌려 보았다. 아가 장미라면 해결이 될까?

아니.

고개가 저어졌다. 매혹적인 장미와 아기 향수는 결이 달랐다.

그렇다면 우유 향은?

장미 향수에 한 방울을 떨궈본다. 장미가 밀키시해진다. 나쁘지 않지만 어코드가 마음에 들지 않았다. 파우더리도 플로럴도 아닌 것이다.

쉽지 않은데?

여왕이라는 무게감 때문일까?

별수 없이 온갖 방법을 동원하게 되었다. 오르간에 있는 장미 향을 동원했고 계열 희석도 해 보았다. 달콤하고 순한 향료에도 섞었다. 각종 장미를 구해 다양한 실험도 했다. 심지어는 장미를 구워 보고 얼려도 보았다.

첫 번째 힌트는 얼린 장미에서 왔다. 얼린 장미에서 추출한 장미는 깊고 날카로운 향이 무뎌졌다. 사기가 올랐지만 그뿐이었다. 살짝 무뎌진 향과 매칭될 향료를 찾지 못했다. 거의 100가지 향을 동원했음에도 만족스럽지 않았다.

시트러스와 마린, 우디 계열의 매칭까지 달려간 강토, 잠시 쉬기 위해 일어설 때였다. 팔을 잘못 짚으며 향료 병을 건드렸다. 다인이 새로 보낸 배꽃 향이었다. 그게 넘어지면서 장미 향수병을 건드렸다. 재빨리 잡으려다 일이 커졌다. 두 향료 병이 그만······.

쨍강.

바닥으로 떨어지면서 깨져 버린 것이다.

'이런.'

바닥에서 전쟁이 일어났다. 장미는 향수였지만 배는 에센스였다. 순수 에센스는 화생방실의 가스보다도 독한 냄새가 난다.

"이린, 티슈 좀 가져와 줘, 많이."

책상의 티슈로 수습이 되지 않으니 이린의 도움을 청했다.

"대표님."

이린과 상미가 동시에 뛰어왔다.

"에센스 병을 깨뜨렸어."

티슈를 받아 들고 수습에 나섰다. 덕분에 어느 정도 환기가 되는 동안 조향실에 들어갈 수 없었다.

지나치면 해악.

하우스의 지붕을 바라볼 때 그 말이 떠올랐다. 제아무리 아름다운 향수도 과하면 악취가 된다. 사고였지만 즐겁게 받아들였다.

다음 날, 새로운 마음으로 조향실 문을 열었다.

그런데······.

"……?"

강토의 후각이 저절로 반응을 했다. 배꽃 향 에센스의 강력한 향이 잦아든 지금, 그 잔향이 강토의 후각을 낚아채듯 잡아당겼다. 뼈를 치는 직관이었다.

바닥에 코를 대고 냄새를 맡았다. 장미 향수와 배꽃 향 에센스 병이 같이 깨진 그 자리였다. 닦고 닦아 잔향만 남은 그곳, 잔향으로 밤새 어우러진 장미와 배꽃 향……

장미의 매혹을 살짝 다운시켜 준 배꽃 향의 시원하고 달달한 느낌이었다. 그것도 아니면 시원하고 달달한 느낌 속에 살며시 따라오는 장미 향.

'이거다.'

강토 머리에 불이 번쩍 들어왔다.

바닥에 티슈를 붙였다가 떼었다. 천천히 냄새를 확인했다. 그 기억을 살려 장미 향수와 배꽃 향을 섞었다. 얼린 장미에서 얻은 향료는 조금, 배꽃 향은 많이. 말하자면 배꽃 향으로 장미 향을 코팅하는 셈이었다.

얼마나 지났을까?

그 향을 시향지에 뿌렸다.

스슷.

그리고 코로 가져왔다. 잠시 숨을 멈췄던 강토, 자동문이 열리듯 후각을 열었다.

"……!"

머리가 시원하게 반응했다. 영감이 꽂히던 그 향이었다. 무려진 장미의 매력을 살짝 강조하는 냄새. 더불어 개운하고 시원하면서도 달달한 느낌으로 이어지는 배꽃 향의 매력.

'빙고.'

강토가 주먹을 쥐었다. 여왕의 향수로 가는 길을 찾은 것이다.

여왕의 장미 향수.

나머지 과정은 특별하게 접근을 했다. 다빈치의 스푸마토 기법을 응용해 더욱 부드러운 어코드를 만든 것이다.

기타 에글란타인의 잎에서 재스민의 향을 가져오고 유니크 존종에서 히아신스의 향을 가져왔다. 이들도 똑같이 살짝 얼리는 과정을 거쳤다.

천연 장미 향료와 천연 배꽃 향료로 하트 노트를 끝내고 다음 향료를 꼽아 본다. 보통의 조향사들은 여기에 네롤리와 파출리, 오리스투스와 샌들우드를 더한다. 이어 사향과 용연향으로 마무리를 하면 S급 향수가 완성된다. 많은 사람이 가지고 있는 장미 향수의 9할이 이런 포퓰러에 속한다.

다 버렸다.

잡다한 향료를 내려놓고 단 한 가지로 대체했다. 아세토페논이었다.

향수가 버거운 여왕이라면 향료는 심플할수록 좋았다. 아세토페논은 그 하나로 빛나는 정원에 가득한 꽃의 합창을 들려 준다. 합성향료라는 게 아쉽지만 영국의 왕실 조향사들도 합성향료를 사용하니 흠이 될 건 없었다.

마무리는 용연향이 아니라 유향으로 갔다. 노년에는 머리가 맑아지는 것 이상으로 좋은 게 없기 때문이었다.

─살짝 얼린 장미 향(다마세나, 에글란타인, 유니크 존), 배꽃 향, 아세토페논, 유향.

단 여섯 가지 향료로 영감을 마무리하는 강토였다.

원래 약속한 건 레이어링이었다.

한쪽이 나오니 그 반대는 어렵지 않았다.

「살구」

강토의 영감이 끌린 아이템이었다. 그러나 롤스로이스에 쓴 그 살구가 아니라 장미의 일종인 마카르트니언종에서 얻은 살구 향이었다. 그렇다고 해도 장미의 본질이 살짝 깃들었다. 앞서 만든 향수와 친화력이 강할 수 있었다. 이건 하체에 뿌린다.

그대로 가면 심심하다. 상체의 향이 부드럽고 얌전하니 아래는 달라야 했다. 향수가 부담스러운 여왕이지만 코에서 머니 시도할 만했다.

시원한 블러드 오렌지와 바질을 앞세워 톱 노트의 역할을 부여한다. 쥐똥나무의 봄 향기도 살짝 깃들여 준다. 생각나는 대로 손이 움직이자 봄이 내려오는 듯했다. 여기에 제라늄과 함께 진저를 살짝 더해 본다. 뽀송하면서도 생동감이 돈다.

마무리 후보는 둘로 줄였다. 활력의 피망과 역시 활력의 상징으로 불리는 페르시콜.

스케치가 끝난 플라스크를 살짝 기울이자…….

흐음.

생기 넘치는 살구 향이 개구쟁이처럼 뿜뿜뿜.

나무로 치면 위는 고목이지만 아래에서는 새싹의 향연이 들리는 것과 같았다.

순간, 굉장한 영감이 또 떠올랐다. 이 레이어링으로 공주의 향수까지 해결이 되는 묘수였다.

그때 상미가 빼꼼 문을 열었다.

"대표님, 손님이 오셨는데……."

"손님? 예약 없을 시간이잖아?"

"응, 그런데 먼 데서 오신 분이라서… 대표님 바쁘다고 했더니 기다리겠다는데 벌써 두 시간째야."

"두 시간? 누군데? 내가 아는 사람이야?"

"몇 달 전에 추진진이랑 같이 왔다가 핏대 올리고 돌아간 중국인 우쳔페이."

"우쳔페이?"

강토가 촉각을 세웠다.

"돌려보낼까? 좀 싸가지잖아?"

"……."

"돌려보낼게."

"아니야. 두 시간이나 기다렸다니……."

*   *   *

우췬페이는 매장에 있었다. 붐비는 고객들 사이에서 앉아 잡지를 읽고 있다. 홍보용으로 내놓은 드라고코 리포트와 미국판 보그 잡지였다. 둘 다 영문이다. 그럼에도 우췬페이는 문장 하나하나를 다 읽고 있는 것이다.

강토가 나오자 손님들의 시선이 쏠렸다. 일부는 자기가 산 향수에 사인을 원했고 또 일부는 인증 샷을 원했다. 다 들어주었다. 강토의 오늘은 이 사람들 덕분이기 때문이었다.

작은 매장이지만 20분쯤 걸려서야 우췬페이 앞에 닿았다.

"안녕하세요?"

그녀가 먼저 인사를 해 왔다.

그녀를 데리고 뒤뜰로 나왔다. 매장에서는 도무지 이야기를 나눌 상황이 안 되기 때문이었다. 뒤뜰에 장식한 옹기에도 가을꽃들이 진한 향을 내고 있었다. 그 앞에서 다시 우췬페이를 돌아보았다. 강토 앞으로 다가온 그녀, 느닷없이 허리를 숙였다. 거의 90도로…….

"왜 이러시죠?"

"사과입니다."

허리를 숙인 채 그녀가 말했다.

"사과?"

"며칠 전에 새로운 진단을 받았어요. 그런데……."

잠시 주저하던 그녀가 뒷말을 이어놓았다.

"당신 말대로 파킨슨병 진단이 나왔어요."

"……?"

"처음에는 믿지 않았죠. 파킨슨병을 진단하러 간 게 아니었거든요. 추진진이 제가 진단을 받으러 가는 걸 알고 병원 의료진에게 부탁을 한 거예요. 파킨슨병까지 진단을 해달라고……."

"……."

"초기라고 하더군요. 조기 발견이라 약물로 충분히 치료가 가능하다고……."

"……."

"뭔가 이상하다 싶어 다른 병원으로 가서 재진단을 했어요. 그랬더니 거기서도……."

"……."

"당신 생각이 나더군요. 제 몸에서 아직도 머스크 향이라는 게 나나요?"

"그때보다 조금 더 진해졌습니다. 미세하지만……."

"맙소사, 당신은 정말……."

"고개 드세요."

강토가 그녀의 어깨를 부축했다.

"미안해요. 이런 분인지도 모르고 그때는……."

"괜찮습니다. 그때 당신과 나는 생면부지의 첫 대면이었으니까요."

"그래서 사과하러 왔어요."

"다 지난 일입니다. 별일도 아니었고요. 그러니 치료 잘 받아서 완치하시기 바랍니다."

"그동안 엄청나게 유명해지셨더군요. 밀라노 패션쇼에 보그 미국판, 그리고 드라고코 리포트 전면 특집까지……."

"드라고코 리포트도 아시나요?"

"몰랐죠. 검색으로 알았어요. 거기 전면 특집으로 나오는 조향사는 굉장히 특별한 케이스라는 거."

"……."

"그래서 드리는 말씀인데 제가 그때의 무례를 만회할 기회를 주시겠어요?"

"지나간 일이라고 했을 텐데요."

"아뇨. 제 마음에는 큰 빚으로 남았어요. 제 인생에 엄청난 경험이기도 했고요. 닥터들이 공통적으로 그러더군요. 2—3년 후에 발견되었더라면 치료를 장담할 수 없었을 거라고. 그때의 제 나이가 몇인 줄 아세요?"

"……."

"더구나 추진진, 제 고집에도 불구하고 저를 챙겨 주었어요. 결혼이 코앞인데도 말이죠. 친구에게도 작은 기여를 하고 싶어요."

"당신이 사회를 본다고 들었어요. 그 정도면 기여하는 거 아닌가요?"

"그건 친구로서 당연한 거예요. 그걸로는 만족할 수 없어요."

"어떤 기회를 달라는 건가요?"

"지난번에 제가 말씀드린 향수 판매 말이에요. 다시 맡겨주세요. 제가 중국 최고 라이브 커머스의 명예를 걸고 당신향수를 최고로 등극시켜 드릴게요. 아니, 이미 최고이긴 하지만요."

"최고는 아닙니다. 최고이고 싶을 뿐."

"그 순간이 더 매력적이죠. 소비자들도 그 순간을 즐기는 사람들이 많아요. 자기가 그 최고의 순간에 기여를 했다는 자부심 말이에요."

"우췬페이……."

"유럽 고급 백화점에 진출하신다고요?"

"네."

"세부 계약까지 하셨나요?"

"그럼요."

"어떤 구성이죠?"

"밀라노 패션쇼에 발표했던 향수 다섯 가지입니다."

"그럼 저는 다른 작품을 주세요. 제가 체크해 보니 장미와 아이리스 등의 작품이 있더군요. 그 세 가지를 한 세트로 맞춰서 888 박스면 됩니다."

"우췬페이……."

"전에 500병, 병당 500만 원까지는 받아 드린다고 했었죠? 하지만 그사이에 당신의 커리어가 올랐네요. 밀라노 패션쇼에 드라고코, 보그 미국판… 거기에 이 우췬페이의 일화까지 색칠하면 그 이상도 문제없어요. 박스 포장을 하고 천 세트, 세트당 3천 3백만 원이면 되겠네요."

"3천 3백만 원이라고요? 유럽에 풀린 제 향수는 병당 285불을 받고 있습니다."

"죄송하지만 당신은 제 요청만 끼워 주시면 돼요."

"……?"

"럭셔리한 붉은 상자에 담고 세 가지 미니어처를 넣어 주세요. 단, 상자에는 금빛 리본을 묶고 향수병마다 당신의 친필 사인이 있어야 해요."

"우췬페이……."

"라이브 커머스의 능력은 상품에 가치를 매기는 거예요. 그리고 우리 중국에는 3천만 원 정도는 가볍게 치를 향수 마니아가 888명 정도는 있거든요. 그들을 공략할 거예요."

"……?"

"추진진이 결혼하기 전, 프로그램에 올리겠어요. 방송 중에 추진진까지 살짝 언급하면… 추진진의 결혼식 때 증정할 당신의 향수도 클래스가 올라가겠죠. 그러면 추진진에게도 답례가 될 것 같아요. 나아가… 유럽에 진출한 당신 향수 판매에도 도움이 될 겁니다. 중국에서의 특별판이 그만한 가치로 팔렸다고 하면."

"우췬페이……."

"절대 무리 아닙니다. 사실 저는 그만한 가치가 없는 것들도 가치를 입혀서 팔 수 있어요. 하지만 당신의 향수는 가치가 있어요. 당신의 미래를 소장하려는 사람들에게 3천만 원 정도는 문제가 되지 않는다고요."

"……."

"부탁드립니다. 닥터 시그니처."

우췬페이가 또 허리를 숙였다. 농담이 아닌 모양이었다.

"헐."

강토의 한숨이 길게 늘어진다.

무리한 것 같지만 이해도 되었다. 상품의 가치라는 건 포장하기 나름이었다. 더구나 우췬페이는 중국 라이브 커머스의 레전드였다. 갑부 888명을 찾아내는 게 불가능도 아니었다.

"허락하지 않으면 돌아가지 않을 겁니다."

우췬페이가 강토의 갈등에 쐐기를 박는다.

"좋아요. 드리죠."

"정말이죠?"

강토 답이 나오자 우췬페이가 고개를 들었다.

"단 3,300만 원은 고집하지 않아도 됩니다. 너무 무리하지는 마세요."

"상품이 넘어오면 거기서부터는 제가 알아서 합니다. 대신 판매수수료는 다른 케이스와 마찬가지로 하겠어요. 저 혼자 일하는 게 아니거든요."

"그건 마음에 드네요. 공사가 분명한 것."

"고마워요. 닥터 시그니처."

우췬페이 얼굴에 미소가 번졌다. 꾸밈이 없는 듀셴 미소였다. 그 때문인지 그녀의 머스크 향도 조금은 약하게 느껴졌다.

우췬페이 덕분일까?

오후에 굉장한 낭보가 강토를 찾아왔다. 초콜릿을 한 아름 안고 찾아온 준서가 주인공이었다.

"닥터 시그니처."

그가 조향실 문을 열었다. 초콜릿이 너무 많아 이린이 들어줄 정도였다.

"형."

여왕과 공주의 향수를 체크하던 강토가 일어섰다.

"축하해 줘라. 이 형이 로스앤젤레스 먹어 버렸다."

"그 초콜릿 페스티벌?"

"그래. 이번 페스티벌에서 최고 인기였다."

"으아, 정말?"

"네 덕분이다."

"천만에, 그건 형 덕분이야. 아무튼 축하해."

"비행기에서 내리자마자 가게로 달려가서 만들어 온 거다. 너한테 먼저 보고해야 할 것 같아서."

"보고라니, 당치도 않아. 여튼 일단 앉아."

"나 너 방해하는 거 아니지? 요즘 네 인기 장난 아니더라?"

"인기는 무슨? 그래서, 이제 어떻게 되는 거야?"

"초콜릿 페스티벌 마지막 날에 그분이 오셨다."

그분이라면 준서의 아버지였다.

"그래서?"

"약속대로 내 초콜릿을 제품화하기로 하셨다. 다른 옵션도 하나 있었고."

"뭔데?"

"내가 친자라는 거 공표하겠다고."

"뭐어?"

"내 머리카락 몇 가닥 가져가셨다. 정식으로 공개하려면 필요할 것 같다면서……."

"으아, 형."

강토가 준서를 끌어안았다.

"자식, 닥터 시그니처답지 않게 왜 이래?"

"그럼 형은 아무렇지도 않아? 모든 게 잘된 거잖아?"

"그러냐?"

"그렇지."

"그렇지… 그런데 왜 나는 이렇게 담담하지?"

"형이 욕심이 없었으니까 그렇지. 아버지 재산에 대한 욕심. 아버지 후광에 기대는 욕심. 그래서 형이 더 멋지다니까."

"그것도 있고… 또 한편으로는 너희들하고 멀어지나 싶어서 그래. 나는 너하고 상미, 다인이 하고 아등바등하면서 사는 게 더 좋거든."

"그렇다면 더 잘된 거야. 우리 사실 형이 알고 있던 옴니스 멤버들이 아니야. 상미하고 다인이 방송에 나온 거 못 봤어? 이제 나보다도 더 유명하거든. 그러니 형도 같이 유명해져야 클래스가 맞지."

"그러냐?"

"그럼 어머니는?"

"바늘 가는 데 실 안 가겠냐? 아버지가 조용한 성당 같은 데 가서 어머니 면사포도 씌워 주시겠다더라. 그래서 수락한 거야."

"으악, 그건 더 빅뉴스네?"

"그 마음 진심이면 우리 어머니 결혼식 때 시그니처나 하나 만들어 줘라. 돈은 내가 영끌을 해서라도 지불한다."

"그건 무료. 형 어머니라면 나한테 그만한 자격은 되시지."

"진짜냐?"

"레알 진심."

"자식, 고맙다."

준서가 강토 손을 잡았다. 이 순간만큼은 주목받는 쇼콜라티에와 닥터 시그니처가 아니라 준서와 강토였다. 선민대학교의 그 실험실, 찬밥 취급을 받으면서도 서로를 위로하던 시절의……

"그런데 초콜릿은 왜 이렇게 많이 가져왔어?"

"기분이 좋아서. 하다 보니 이것도 해야 할 거 같고, 저것도 해야 할 것 같아서."

"형, 그런데… 아이, 씨……"

강토가 울상을 지었다.

"왜?"

"나 지금 학교에 특강이 있거든."

"우리 학교?"

"응, 내 주제에 무슨 특강일까마는 라파엘 교수님이 자꾸 부탁을 하셔서 수락을 했어."

"네 주제라니? 어떤 새끼가 그래? 누구든 내가 그냥 안 둬."

"그게 아니고… 아무튼 그래서 지금 나가야 돼. 그러니까 시간 있으면 좀 기다려 줘. 축하 파티 정도는 해야지."

"네가 기다리라면 기다려야지."

"정말이지? 그럼 나 후딱 다녀온다."

"아니."

"응?"

"후딱 하지 말고 잘하고 와. 라파엘 교수님 초청이면 학생들 기대가 엄청날 텐데 나 때문에 단축수업 하면 안 되지. 기왕이면 내 초콜릿도 좀 나누어 주고."

"그래도 돼?"

"당연하지."

"알았어. 그럼 다녀올 테니까 여기 꼼짝 말고 있어. 아, 오르간 감상은 특별히 허락해 줄게."

강토가 향료를 챙겨 일어섰다. 남은 한 손에 준서의 초콜릿 상자도 챙겼다.

"배 실장, 실험 재료들 연락됐지?"

매장으로 나와 상미에게 물었다.

"이린이 다 처리했어. 실습시간에 맞춰서 도착할 거야."

상미가 답했다.

좋았어.

방개차에 시동을 걸며 생각했다. 준서의 분투를 생각하니 눈시울이 뜨거워진다. 역경을 딛고 마침내 쇼콜라티에의 반열에 오른 준서. 든든한 후원자로서의 아버지까지 생기다니 강토 가슴도 뜨거워졌다.

*　　　　*　　　　*

"닥터 시그니처."

학교에 들어서자 라파엘과 이창길이 손을 흔들었다. 미안하게도 마중까지 나온 것이다.

"교수님."

차에서 내린 강토가 정중히 인사를 했다.

"와줘서 고맙네."

두 교수가 이구동성이다. 초청은 라파엘이 했지만 이창길도 고마운 눈빛이 가득해 보였다.

"제 동기인 박준서 형 아시죠? 초콜릿 박사 말이에요? 그 형이 만든 거예요."

초콜릿 두 상자를 내밀었다.

"아, 그 친구?"

라파엘은 바로 준서를 기억해 냈다.

"이번에 로스앤젤레스 초콜릿 박람회에서 대박을 치고 왔대요. 그 출품작들인데 제가 대신 가져왔습니다."

"어이쿠, 그렇게 귀한 걸……."

하나씩 받아 든 교수들이 좋아했다. 잘나가는 제자들이 보낸 선물, 행복하지 않을 이유가 없었다.

"그럼 가실까? 학생들이 며칠 전부터 기대하는 눈치야."

라파엘이 실험실을 가리켰다.

짝짝짝.

강토가 들어서자 기립 박수가 쏟아졌다. 하얀 실험복을 입은 후배들이 천사들처럼 보였다. 아직은 날개가 없는 천사들…….

취업.

진로.

장래.

그것 때문에 늘 가슴 졸이던 졸업반 시절.

가장 혹독하게 겪었던 강토가 그걸 잊을 리 없다.

그들에게 작은 깃털의 희망이라도 될 수 있다면.

그런 마음으로 강단에 섰다.

　　　　　　*　　　　　　　*　　　　　　　*

"여러분의 선배 윤강토입니다. 얼마 전까지만 해도 저기 맨 뒤쪽 실험 테이블이 제 자리였습니다. 저는 그때 거의 후맹에 가까운 상황이라 미래가 없었습니다. 조향사의 꿈을 버리려고 도 생각했습니다. 그런데. 돌아보면 저는 입학 때부터 그랬습니다. 화학과 조향을 복수전공으로 했지만 졸업 때는 더 절박 했습니다. 고백하자면 저희 동아리 '옴니스' 멤버들은 다 그랬습니다. 지금도 옴니스가 있나요?"

강토가 묻자 맨 앞 쪽 테이블의 멤버들이 손을 들었다.

옴니스.

상전벽해다.

그때는 비웃음의 대상이었지만 지금은 이렇게 바뀌었다. 가장 잘나가는 학생들이 옴니스 이름을 차지한 것이다.

"좋습니다. 오랜만에 실험실에 들어오니 좋네요. 긴 해외여행 끝에 어머니가 계신 집으로 온 것 같습니다."

짝짝.

박수가 이어졌다.

"솔직히 말하면 저는 어머니가 안 계십니다. 제가 아주 어릴 때 교통사고로 부모님이 함께 돌아가셨어요. 그 사고로 저는 후각을 '거의' 잃어버렸고요."

"……."

"그럼에도 저는 조향사의 꿈을 버리지 않았습니다. 그리고 결국 그 꿈으로 가는 배에 올라탔죠. 우리 옴니스 멤버들은 다 그렇습니다. 실험 성적은 언제나 꼴찌였지만 꿈에 대한 열정만은 일등이었어요. 저를 빼고 말해도 그렇습니다. 조금 전에 나눠 드린 초콜릿 말입니다. 얼마 전에 열린 미국 초콜릿 박람회에서 대박을 친 작품입니다. 저랑 같이 구석 테이블에서 꿈을 키우던 준서 형의 결실입니다."

짝짝.

"나아가 배상미와 권다인, 향수를 만들지는 않아도 향수 산업계에서 존재감을 과시하고 있습니다. 배상미 선배는 향수 코디와 향수 마케팅 분야에서 주목받고 있고 권다인 선배는 향료 추출에 전념하면서 그라스의 향 연구소에 필적하는 노하우를 축적해 가고 있습니다. 실제로 권다인 선배가 만든 향료들은 국제적으로도 인정을 받고 있고요."

짝짝.

"제 생각은 그렇습니다. 여러분, 조향이라는 게 꼭 향수를 만들어야만 하는 것은 아닙니다. 그러니 시야를 넓히세요. 향수 마케팅, 향 분자 개발 등 할 일이 산적합니다. 그러니 여러분도 각자의 성향과 주특기를 돌아보고 적성을 찾아 분전하기를 바랍니다. 배상미, 권다인, 박준서 선배처럼 말입니다."

짝짝짝.

지켜보던 라파엘과 이창길도 박수를 보태 주었다.

학생들의 시야는 좁다. 조향학과에 들어오면 조향사밖에 눈에 들어오지 않는다. 교수들이 옆길을 추천하면 비난을 쏟아 놓는다.

—우리가 그러자고 이 학과에 들어왔나?

보편적인 반응들이다.

하지만.

강토의 제안은 먹혔다.

이 대학, 이 학과 최고의 선배이기 때문이었다. 게다가 유럽 유학도 하지 않았다. 그럼에도 세계 조향계의 뜨거운 시선을 받고 있는 핫한 선배. 그 위상 때문에라도 교수들의 말과는 정서가 달랐던 것이다.

실습이 시작되었다.

보드에 원료명을 출력한 종이를 걸었다.

「메틸이오논, 바닐린, 살리실산염 시트로네롤, 이소 E, 이오논, 앰브록산, 쿠마린, 파출리, 페닐에틸알코올, 합성백단, 헤디온, 헬리오트로핀」

"뭘까요?"

강토가 묻자 '옴니스'가 바로 손을 들었다.

"현대 향수의 주성분들입니다."

멤버들 눈이 반짝거린다. 그 옛날 남경수를 주축으로 한 F5의 멤버들을 보는 것만 같았다.

"맞습니다. 현대 향수에 있어 굉장히 중요한 성분들이죠. 혹시 이 향을 다 구분하는 사람이 있을까요?"

이번에도 옴니스의 멤버 둘이 손을 든다.

"좋네요. 학생 때는 기본적인 향을 꾸러미로 만들어 날마다 구분해 보는 게 좋습니다. 다른 스터디들과 내기를 해도 좋죠. 왜냐면 여러분들이 트레이너가 된다면 40여 개의 기본 향수의 원형을 먼저 공부하게 되기 때문입니다. 그런데 이 과정은 단지 향을 구분하기 위해서 하는 훈련이 아닙니다. 진짜 목적은 향수와 연관되는 국가들의 정체성에 더불어 그들의 문화와 의식, 양식을 알려고 하는 것이죠."

"······"

"이 과정 속에 숨어 있는 또 한 가지의 목적은 단순히 향의 식별이 아니라 향의 성질을 이해하게 하려는 의도가 담겨 있습니다. 말하자면 향의 성질과 계열, 타입 등인데 간단히 설명하자면 이런 거라고 할까요? 내가 여러분 중의 누구를 안다고할 때 이름과 나이, 얼굴 등의 표면적인 것만이 아니라 성향과 품성, 가치관까지 아는 것 말입니다."

"……."

"향이라는 건 사람과 같은 측면이 있거든요. 그렇기에 끊임없는 탐구와 이해가 필요합니다. 그럼에도 향은 변화합니다. 같은 향이라도 해도 농도에 따라, 온도에 따라, 용매에 따라, 추출 방법에 따라……."

"……."

"이런 향에 가까워지기 위해서는 향료를 섞어 보는 것뿐만아니라 다양한 방법으로 접근해 봐야 한다는 겁니다. 우리도왜, 친구들을 사귀다 보면 다른 모습을 볼 때가 많잖아요?"

"……."

"제가 드릴 말씀은 일단은, 향료를 너무 어렵게 생각하지말라는 겁니다. 물에도 섞어 보고 소주에도 섞어 보고, 때로는 먹어도 보고……."

"……."

"그런 의미에서 우리 이 향차 한번 먹어 보고 실험 시작할까요?"

강토가 준비한 생수병을 꺼내 들었다. 역시 미리 준비한 향수를 5㎖ 정도 붓고 가볍게 흔들었다.

"제가 여러분을 위해 만든 향인데 내키지 않거나 알레르기가 있으면 마시지 않아도 괜찮습니다."

첫 잔은 강토가 먼저 마셨다. 그러자 스터디들이 몰려나오기 시작했다.

"뭐지? 향이 기막히네?"

"장미 향 나지?"

"딸기맛에 복숭아맛도 나."

"멜론맛도 있는데?"

학생들의 감평이 이어졌다.

다음으로 이어진 건 마장동의 권혁재가 보내 준 최상급 유지들이었다. 상미의 조력 덕분에 차질이 없었다. 스터디 테이블마다 한 양동이씩 부어 주었다.

"요즘은 이런 추출법을 잘 쓰지 않지만 유지야말로 퀄리티 높은 향을 추출할 수 있는 최상의 방법이지요. 거부감이 드는 분이 있을까 봐 향수를 살짝 뿌려 달라고 부탁했습니다."

강토의 설명이 이어진다. 유지에서 옅은 장미 향이 나기 때문이었다.

"불순물이 있을 수 있습니다. 혐오감이 들 수도 있겠지만 원래 우리 조향사들이 하던 일이에요. 그러니 피나 털 등을 좀 골라 주면 좋겠네요."

가이드를 알려 준다. 강요나 강압 같은 분위기는 연출하지 않았다.

학생들이 유지를 선별하자 즉석 향 추출에 들어갔다. 커다란 비커에 유지를 녹이고 그 위에 장미꽃 생화를 따 넣는 침지법이었다. 꽃은 다마스크종으로 그 또한 강토가 제공을 했다.

유지에 꽃이 들어가자 장미 향이 진동하기 시작했다. 그렇게 포화가 된 향을 여과한 후에 작은 플라스크에 옮겨 담았다. 기름은 이내 포마드가 되었다. 다음 과정은 순수 에센스 만들기였다. 가열과 혼합, 여과를 거치니 황색 액체가 미량 나왔다.

"알코올에 떨어뜨리세요."

강토가 말했다.

스터디들의 에센스가 알코올에 떨어지자.

"와아."

…하고 탄성이 새어 나왔다. 악취처럼 쪼던 냄새가 황홀한 다마스크 장미 향으로 바뀐 것이다. 특별한 비법 강의를 기대하다 유지나 만지게 하자 불만이 있던 일부 학생들. 얼굴이 환하게 펴졌다.

마무리에서 비로소 조향 실습에 돌입했다.

열두 개의 향료 병이 공개되었다. 각자가 만든 다마스크 장미 향을 합치니 열세 가지 향료였다.

「자유 조향, 단 13가지 향료는 다 들어가야 함」

옵션은 그것뿐이었다.

스터디가 분주해졌다. 몇 해가 지났지만 실험실 분위기는 변하지 않았다. 바로 끝나는 스터디가 있는가 하면 시간이 다 되어도 완성하지 못하는 곳도 있었다.

지켜보던 라파엘이 눈짓을 주었다. 시간에 구애받지 말라는 뜻이었다.

마침내 마지막 스터디의 향수가 제출되었다.

"죄송합니다."

스터디 리더가 고개를 숙였다. 그녀의 얼굴은 땀으로 범벅이 되어 있었다.

스터디의 향수는 두 계열로 나뉘었다.

플로럴.

그리고 프루티.

플로럴 쪽은 장미와 히아신스, 바이올렛, 재스민의 향을 주소재로 삼았다. 프루티 쪽은 복숭아와 멜론, 딸기와 살구 향 비율을 높였다. 스터디별로 향료 비율의 차이는 있지만 대체로 그랬다.

"그렇다면 여러분."

강토가 학생들을 바라보았다. 이제 마무리를 할 시간이었다.

"제가 여러분의 작품에 실례를 좀 하겠습니다."

강토의 손이 빈 비커를 잡았다. 그리고, 모든 향수를 그 안에 혼합해 버렸다.

"······?"

학생들이 출렁 흔들렸다. 애써 만들라고 할 때는 언제고 강제 혼합? 강토는 대체 뭘 하려는 걸까?

그사이에 강토는 처음에 만들었던 향수 물을 재현했다. 쓰고 남은 유지도 그 옆에 올리고, 학생들의 향수를 놓았다. 마지막에는 장미꽃 한 송이를 더했다.

"······?"

학생들의 의문이 커져 갈 때 강토가 답을 공개했다.

"여러분에게 내준 열두 가지 향료와 여러분이 직접 만든 향료까지 합쳐 열세 가지 향료. 모두가 장미 향료였습니다."

"······!"

"혹시 알고 계신 분이 있었을까요?"

강토가 묻자 모두가 침묵을 지켰다.

"괜찮습니다. 저라도 맞히기 어려웠을 테니까요. 장미 말입니다. 재스민과 함께 조향사의 운명 같은 꽃이죠. 그런데 이 장미는 무려 1만여 종이 있습니다. 휘발성 성분도 대략 400여 가지나 되죠. 하지만 여러분이 직접 만나 보기는 어렵죠. 그래서 조향에서 주로 쓰는 열두 가지를 가져왔습니다. 하나는 여러분이 직접 만들었고요. 이제 아시겠지만 장미는 종에 따라 독특한 향을 냅니다. 이 향료들, 아마 사향 냄새가 나는 것도 있고 모스 냄새가 나는 것도 있었을 겁니다. 아까 말한 바대로 향의 계열과 타입, 성질 말입니다. 제대로 알면 장미 하나만으로도 풍성한 꽃의 정원을, 과일 농장을 그릴 수 있죠. 그게 조향입니다. 오늘, 부족한 제가 여러분에게 전하고 싶은 메시지였습니다."

강토의 강의가 끝났다.

짝짝

학생들의 박수가 실험실에 울려 퍼졌다. 기계적으로 향을 암기하던 초보들에게 방향 제시를 해 준 것이다. 그 말미에 더 큰 박수가 나올 일을 공개했다.

「블랑쉬 하우스 멤버 채용」

강토가 운을 떼자 학생들은 일제히 숨을 죽였다.

서울 매장에 두 명, 가의도의 향 연구소에 두 명이었다. 연봉까지 공개했으니 초임 수준으로는 파격적인 5,000만 원이었다. 향수 요청이 쇄도하면서 멤버 증원이 불가피했다. 따라서 하우스 확장과 함께 고려 중이던 일이었다.

간단한 옵션을 붙였다.

「하우스와 향 연구소 무료 체험 실시 후에 지원 접수를 받음. 성적은 보지 않고 조향에 대한 간절함과 열정만을 반영함」

무료 체험의 이유도 설명했다. 현장은 이상과 다르다는 것.

그러니 직접 본 후에 지원해 달라는 당부를 전했다.

짝짝.

특강을 마치고 나가는 강토에게 후배들은 박수로 답례를 했다. 강토의 블랑쉬라면 모두에게 선망의 대상. 게다가 연봉 5,000만 원에 4명이라니, 대량 채용(?)에다 호조건이었다.

"고맙네."

라파엘과 이창길이 고마움을 전해 왔다.

"기대하세요. 언젠가는 그 해 졸업생 전체를 데려가겠습니다."

강토가 포부를 전했다. 립 서비스가 아니라 진심 어린 각오였다.

* * *

강토의 데뷔작 3종 888 세트.

이 마무리가 조금 어중간했다.

향수는 문제없었다. 꾸준히 인기가 좋은 작품이라 계속 만들고 있었고 유럽의 쾌거 이후로 추가 제작도 했기 때문이었다.

문제는 병입과 포장이었다. 패션쇼 향수처럼 대한 콤마에 맡기자니 소량이었고 하우스에서 작업을 하자니 대량에 속했다. 강토가 고민할 때 상미가 결단을 했다.

"그냥 손 포장 하자."

"무리야."

"그래 봤자 3천 개도 안 돼. 케이스하고 리본만 구하면 문제없어. 어차피 대표님이 사인도 해야 하잖아?"

"그건 그래."

"우리가 왜 하우스야? 이런이하고 알바 두 명 정도 구하면 문제없을 거 같아."

"케이스는?"

"석 선생님께 발주했으니 샘플 가지고 올 거야. 우리 일이라면 다른 거 다 거르고 먼저 해 주신대."

"그래?"

"어, 오시나 보다?"

핸드폰을 본 상미가 말했다.

석은결이 가지고 온 케이스는 모두 세 개였다. 상미의 귀띔을 듣고 붉은색으로 맞췄다. 하지만 강토는 첫 샘플에 이미 꽂혀 버린 후였다.

그 디자인은 모란꽃 형태였다. 뚜껑을 열면 세 개의 큰 공간과 작은 공간 하나가 나온다. 큰 공간에 향수를 담고 작은 공간에는 미니어처를 담는 것이다. 상자 재질은 자단나무를 썼다. 중국인들이 좋아하는 나무 다섯 손가락 안에 들어가는 재질이란다.

향수병은 장미와 재스민, 아이리스 꽃을 입체적으로 조각한 크리스털로 정했다. 각각의 꽃 조각에는 금박을 넣기로 했다.

"좋습니다."

흔쾌히 오케이를 놓았다. 밤샘 작업을 하면 보름 안에 끝낼 수 있다고 했다.

향수병이 나오기 무섭게 사인 작업에 들어갔다.

사인.

$888 \times 3 = 2{,}664$

이게 곱하기처럼 금방 되는 게 아니었다. 누가 도와줄 수도 없다. 허튼 인간들처럼 복사해서 붙일 수도 없었다. 강토는 알았다. 사인 2,664번 하는 것보다는 향수를 만드는 게 더 낫다는 사실. 손가락에 쥐가 나고 방아쇠수지증후군까지 올 뻔했다.

그리고.

마침내 우췬페이의 방송일이 밝았다.

[샘플로 더 보내준 세 세트 말이에요, 시장조사를 해 봤더니 인기가 좋았어요. 걱정 푹 내려놓고 완판 소식 기다리세요.]

우췬페이가 보내 준 문자였다. 방송 당일이니 전화는 하지 않았다. 공연한 압박이 될 것 같아서였다.

"라이브 커머스는 저녁 시간대가 황금 시간대인데……."

방송 시간표를 본 상미가 혼자 중얼거렸다. 우췬페이의 방송이 오후 2시였기 때문이었다.

이 시간대에 하우스는 바빴다. 우영자와 민유라, 김인경 등이 장년의 선배들을 몰고 온 까닭이었다. 상담과 예약을 끝내고 보니 2시가 살짝 넘었다.

"……?"

핸드폰을 보던 상미가 표정을 구겼다. 시간은 2시 16분, 그런데 우췬페이는 화면에 없었다.

"뭐지?"

상미가 중국 채널을 탐색한다. 혹시 시간 착각을 했나 싶었다.

"대표님?"

그래도 방송 화면을 찾지 못하자 상미 얼굴이 어둡게 변했다. 발음은 대표님이지만 '당했나 봐'라는 기색도 엿보였다.

"우췬페이는 추진진 친구야."

강토가 부정할 때 우췬페이에게서 전화가 걸려 왔다.

─닥터 시그니처?

"아, 네……."

─제 라이브 보셨어요?

"그게… 채널을 맞추긴 했는데 다른 제품 방송이……."

─몇 시에 조인했어요?

"2시 16분쯤요?"

—어휴, 그렇게 늦으시면 어떡해요? 향수는 방송 시작한 지 10분 만에 완판되었어요.

제2장

—

물 들어올 때 노 저어라

"10분 만에 완판이라고요?"

─네.

"정말입니까? 그 시간이 황금 시간대도 아니었는데?"

─황금 시간대는 제가 일부러 피했어요.

"네?"

─잘 팔리는 시간대에 잘 파는 건 능력이 아니잖아요? 그래서 일부러 인기 없는 시간을 택한 거예요.

"……."

─그만큼 당신 향수를 믿고 있었다는 뜻이기도 해요.

"우췬페이."

─진심이에요. 향기는 보여 줄 수 없지만 진심은 통하죠. 하지만 곤란한 일이 좀 생겼어요.

"곤란하다면?"

─좋은 쪽이에요. 추가 주문 안 되냐고 항의하는 고객들이 3,000명쯤 되는데 888 세트 한 번 더 안 될까요?

"우천페이……."

─저도 이미지 관리가 필요하잖아요? 너무 기분이 좋아서 방송 중에 약속을 해 버렸어요.

"저는 괜찮습니다."

─그럼 최대한 빨리 부탁드려요. 안 그러면 제 개인 계정과 방송 게시판이 터져 버릴지도 모르거든요.

"네……."

─참고로 말하는데 추진진도 선물용으로 신청했다가 떨어졌대요. 친구니까 제게 샘플로 보낸 것 중에서 한 세트 줄까 해요.

"……."

─판매 대금은 빠른 시간 내에 정산 끝내고 입금시키도록 하겠습니다.

딸깍.

소리와 함께 우천페이 목소리가 멀어졌다.

"대표님……."

상미와 이린의 시선이 강토에게 쏠려 있다.

"완판이라네. 10분 만에… 그래서 지난번 것 재방송이 나온 거래."

"10분 만에?"

"888 세트 한 번 더 부탁한다는데 어쩌지?"

"뭘 어째? 당연히 해야지."

상미 목소리가 천둥을 쳤다.

888 세트.

2,664번의 사인.

다시 행복한 고난(?)의 시작이다.

지난번에도 그랬지만 병에 쓰는 사인은 어려웠다. 자칫하면 펜이 미끄러졌고 혹은 선명하게 쓰이지 않았다. 사인은 주로 매장이 문을 닫은 후에 했는데 어떤 날은 자정까지 해도 300개를 채우지 못할 때도 있었다.

그렇다고 이린이나 상미에게 시키지 않았다. 우직하지만 사인도, 포퓰러의 하나로 생각했다. 강토의 향수에 거액을 마다 않는 고마운 사람들. 막말로 혈서로 사인을 하래도 기꺼이 할 참이었다.

그렇게 사인까지 끝나면 상미와 이린이 고이 리본을 묶었다.

"끝."

마지막 리본을 묶은 상미가 두 손을 번쩍 들었다. 오늘도 역시나 자정에 가까운 시간이었다.

"수고했어."

강토가 고마움을 전했다.

"무슨 소리야? 월급 받고 하는 일인데."

상미가 귀엽게 눈을 흘겼다.

"시간이 얼마 안 됐으면 가서 와인이라도 한잔하겠는데, 너무 늦었지?"

"맞아. 시간은 왜 이렇게 빨리 가는 거야?"

"내일도 스케줄 만땅이지?"

"당연하지. 대한 콤마 가서 밀라노 향수 추가 주문 상황 확인하고 향료 재고도 전부 체크해야 해. 새로 온 선예약 주문이 어마어마하게 밀려 있거든."

상미가 어깨를 으쓱해 보였다.

밀라노 패션쇼의 다섯 향수는 여전히 고공 행진 중이었다. 현지 백화점에 빈 병만 전시되었는데도 주문은 끊이질 않았다. SNS로 입소문이 나다 보니 시향조차 없이 주문을 하는 것이다.

"연말 시상식 향수 예약도 많이 밀렸어요. 내일 오전에 오실 연예인들만 아홉 명이에요."

이런 쪽 상황도 만만치 않았다.

"신입 직원들은 결정했어?"

"그건 대표님이 하기로 했잖아?"

"내가 몇 명 찜해 줬잖아? 그중에서 네 명 뽑아."

"내가?"

"인력 관리는 배 실장 몫 아니야?"

"알았어. 내일 불러서 이린이처럼 열심히 할 애들로 선발할게."

"그리고… 옆집은 알아봤어?"

"대표님이 물어도 꿈쩍 않은 사람이 내가 묻는다고 별다르겠어? 부동산에도 부탁해 보았는데 거기 노리는 사람들이 여럿인데 주인 반응은 언제나 같대. 안― 팔― 아."

상미가 답했다.

옆집은 한정식 전문점이다. 강토의 기와집과 담장이 붙었다. 기와 색깔은 다르지만 구조도 비슷하다.

코로나 이후로 손님이 거의 끊겼다. 그나마 강토 매장에 오는 손님들 덕분에 근근이 버티고 있다. 강토는 이 하우스와 그 집을 동시에 매입할 계획이었다.

나름 단골을 핑계로 두 번이나 간을 봤지만 사장의 답은 같았다.

―팔 생각 없네.

인사동 땅이라 평당 가격이 장난이 아니다. 그래도 실탄은 차고 넘쳤다. 강토의 통장은 어느새, 동그라미를 세기 어려울 정도의 자금이 쌓여 있었다.

이 하우스는 향수 전시와 상담 등의 매장으로 쓰고 저쪽은 향수 제작 공간으로 쓰면 딱이다. 지금의 하우스만으로는 밀려드는 사람들과 주문을 감당하기에 협소했다.

"손 여사님은 뭐래?"

상미가 물었다.

일단은 이 하우스 매입이 우선이기 때문이었다.

"내일 오후에 말씀드려 보려고."

"그것부터 해결됐으면 좋겠다. 솔직히 옆집은 장사 안 되니까 언젠가는 팔 것 같지만 손 여사님은 아쉬운 게 없잖아? 작년에도 소득세만 40억 이상 냈다고 하던데……."

"잘될 거야."

강토가 작은 쇼핑백 두 개를 내놓았다.

"뭐래?"

"우리 직원들인데 한 세트씩 가져가야지. 오늘 밤 회식 대신이라고 생각하고 받아 둬."

"대표님… 이거 하나에 3,300만 원짜리야."

"한국에서 팔면 그 값 못 받아. 원료값도 얼마 되지 않고……."

"그래도……."

"이런, 뭐 해? 얼른 받지 않고?"

강토가 재촉하지만 이린은 상미 눈치만 볼 뿐이다.

"빨리 받고 가서 쉬어. 내일 아침부터 일 많다면서?"

"아오, 진짜……."

그제야 상미가 쇼핑백을 받아 들었다.

"조심해서 가라. 음주 운전처럼 보이는 차량 있으면 멀찌감치 떨어져서 가고."

강토가 나와 배웅을 했다. 상미는 이제 차를 가지고 있었고 이린은 업무용으로 산 차를 끌고 다녔다.

두 차가 멀어지자 옆 기와집을 바라보았다. 담장만 허물면 두 공간은 하나가 된다. 그러나 이런 일은 강토 마음대로 되지 않았다. 옆집 주인은 여기서 한정식만 30년을 넘게 했다. 손윤희도 오랜 단골의 한 사람이고 한때는 대통령이 단골일 때도 있었단다. 미련이 없을 수 없었다.

'일단은 손 여사님부터……'

시동을 걸 때 핸드폰 화면에 불이 들어왔다. 상미였다.

─대표님, 뭐야?

목소리가 울상이다. 무슨 내용일지 감이 왔다. 그사이에 이린의 전화도 걸려온다.

"왜?"

넌지시 시치미를 뗐다.

─향수만 든 게 아니잖아?

"왜? 보너스 좀 주면 안 돼?"

─뭐야? 보너스 받은 지 얼마나 됐다고.

"왜 이래? 좋은 회사들 보니까 연간 보너스가 1,000 넘는 곳도 많더라?"

─우린 그런 회사가 아니잖아?

"그런 데만 못해?"

—그건 아니지만……

"배 실장하고 이린이도 고생 많지만 권 실장도… 후배들 1박으로 현장 체험까지 시키느라 고생 많았잖아? 많지 않지만 넣어 둬. 나중에 괜히 짠돌이 대표라고 뒷담화 까지 말고."

—말도 안 돼. 우리가 왜 대표님을 씹어?

"말하자면 그렇다는 거지."

—아, 진짜… 게다가 한두 푼도 아니고 1,000만 원…….

"이린이도 자꾸 전화 오는데 배 실장이 좀 설명해 줘. 알았지?"

직책으로 누르고 전화를 끊었다. 상미는 정이 많다. 오래 얘기하면 진짜로 울지도 모른다.

멤버들 착취하는 대표는 되지 말아야지.

강토가 세운 목표 중의 하나였다.

오전은 문전성시였다. 걸 그룹 고객이 추가되면서 조향실이 터질 정도였다. 둘 다 손윤희의 소속사에서 온 고객들이었다. 모두 일곱 명으로 된 그룹이었는데 각각의 시그니처를 원했다. 케미로 뭉친 멤버들답게 돌려 가며 쓰면 일주일을 매번 다른 향수를 뿌릴 수 있겠다고 좋아했다.

시간을 단축하며 고객을 받았다. 그렇다고 소홀하지는 않았다. 향은 솔직하다. 개취로 특별한 향수를 좋아할 수는 있지만 싫어하는 향수를, 강토가 만들었다고 좋아할 사람은 없었다. 단순 소장용이 아니라면.

잠깐 짬이 날 때 여왕과 공주의 향수를 점검했다.

스슷.

시향지에 묻은 향은 굉장히 부드러웠다. 유전자를 붙이듯 하나하나 매칭시킨 보람이 있었다.

손 여사님 선물용으로 여왕의 향수 2종 세트를 포장했다. 조금은 날것의 맛이 나지만 그건 시간이 해결할 일이었다.

나머지 향수는 그녀의 시그니처. 기왕 가는 길에 택배(?)까지 할 생각이었다.

"대표님."

대한 콤마에서 돌아온 상미가 조향실 문을 열었다.

"응?"

"손 여사님 향수 포장?"

"응."

"나한테 시키지."

"배 실장도 바쁘잖아?"

"몇 시에 출발할 거야? 잠깐 시간 좀 될까?"

"왜?"

"새내기들 불렀거든. 그래도 최종 면접인데 대표님이 있어야지."

"오늘이야?"

"어젯밤에 얘기했잖아? 기왕 채용할 거면 빠를수록 좋지. 권 실장도 한가한 겨울에 트레이닝시키는 게 좋을 테고."

"그렇네? 그럼 시간 좀 내지 뭐. 여사님께는 출발할 때 연락한다고 했거든, 오늘 오후 스케줄 비었다고 하서서 말이야."

"그런데……."

"또 왜?"

"배수로 여덟 명을 불렀는데 그중에 수석과 차석이 끼어 있어."

"진짜?"

"응, 나도 오전에 알았어. 라파엘 교수님께 전화했더니 그런 말씀을 하시잖아."

"수석까지라……."

"제로 베이스로 놓고 뽑아야 할까?"

"내가 한번 볼게. 특강 때 봐서 보면 알 것 같아."

"알았어."

상미가 웃었다.

잠시 후에 여덟 후보가 도착했다. 이들은 하우스 견학도 했고 가의도에서 1박 체험도 마쳤다. 드레스 코드는 없다고 했는데도 굳이 정장을 갖추고 왔다. 고운 자태와 맵시를 내느라 부담을 가졌을 걸 생각하니 마음이 편치 않았다.

수석은 그 학생이었다. 실험실 앞 테이블에서 존재감을 드러내던…….

내색하지 않고 자유 향수 실험 과제를 주었다. 돌발 테스트였다. 향료는 무제한 제공이고 시간은 30분을 주었다. 타이머가 작동되자 여덟 학생들이 움직이기 시작했다. 수석이 가장 빠르고 안정된 모습을 보였다. 머릿속에 다양한 포뮬러가 들었던 모양이었다. 다른 학생들은 다들 버벅거렸다.

"그만할까?"

30분이 지나자 강토가 타이머를 세웠다.

여덟 개의 향수가 나왔다.

수석의 것부터 감상했다. 학생들은 완전히 굳어 있었다. 너무 긴장을 하니 재스민과 아몬드 향을 뿌려 기분을 좀 풀어주었다.

'로즈, 바닐라, 통카빈, 오리스, 사향, 그리고 용연향……'

"고전 시프레네?"

강토가 수석을 바라보자 뿌듯함이 번지는 게 보였다.

"어코드도 비교적 안정… 굉장한데?"

강토가 웃었다. 립 서비스가 아니라 향료에 대한 이해도가 높은 학생이었다. 나머지 둘의 것은 플로럴이었다. 향료 비율이 맞지 않아 어코드가 무너졌다. 남은 셋은 기본적인 시트러스를 만들었는데 너무 무난했다. 욕심부리지 않은 것이다.

그런데.

한 남학생의 향수가 난해했다. 행동까지 굼떠 보이던 학생이었다.

"어떤 노트를 생각한 거지?"

강토가 물었다. 그의 고개가 맥없이 떨어졌다.

"괜찮아. 나는 좀비 향수도 만드는데 뭘."

그 말이 용기를 주었을까? 학생이 겨우 입을 열었다.

"죄송합니다. 저는 사실 성적도 안 좋은데 여기서 조향 배우고 싶은 마음에 괜한 욕심을 부렸어요."

"그러니까 만들려던 게 뭔데?"

"선배님이 구현한 농부르 띠미드요. 다른 친구들이 다 공부를 잘하니 그 정도 못 만들어 내면 안 될 것 같아서요."

"포뮬러는 알아?"

"향수 잡지에 나온 걸 봤어요."

"만들어 본 적은?"

"……."

대답은 침묵이다. 당연한 일이었다. 대학 실험실에 있는 향료로는 그걸 구현할 수 없었다.

"괜찮아. 그런 건 두고두고 만들어도 되는 거니까."

격려를 끝으로 실험 면접을 끝냈다.

이 남학생 이름은 오상규였다. 발상이 재미나 라파엘에게 확인을 했다.

─좀 엉뚱한 친구야. 실험 시간에도 색다른 향에 관심이 많지.

두 번째로 다인에게 확인을 했다.

—완전 괴짜. 침지법 끝난 후에 해보고 싶은 거 하라고 했더니 걔는 구절초를 뿌리까지 다 넣어서 추출했어. 이유가 있냐고 물었더니 다들 꽃 냄새만 추출하니까 다 넣으면 어떨지 궁금했다는 거야.

다인의 말까지 듣고 두 사람의 거취부터 결정했다.

수석은 불합격.

오상규는 합격.

수석을 불합격시킨 것은 자극을 위해서였다. 아마도 그 자신은 100% 합격할 것으로 알았을 것이다. 수석은 조향 감각도 괜찮다. 그렇다면 유럽으로 가는 게 옳았다. 거기서 더 넓은 조향 세계를 보고 오기를 바랐다.

오상규가 마음에 든 건 독특한 근성 때문이었다. 조향 감각은 거칠지만 방향이 좋았다. 이런 실력이라면 유럽 조향 학교에는 합격하기 힘들다. 하지만 강토의 하우스에서는 가능할 수 있었다. 니치와 시그니처에는 개성만 한 무기도 없으니까.

나머지 선발은 상미에게 일임을 했다. 어차피 그녀에게 맡긴 일이었다.

"어서 와."

손윤희는 대문까지 나와 있었다. 강토 차가 도착하자 손을 잡아끌었다.

"저 때문에 휴식 방해받으신 거 아니죠?"

정원의 테이블에서 강토가 물었다.

"나는 닥터 시그니처 만나는 게 힐링이고 휴식이거든?"

손윤희가 직접 차를 내왔다.

"선물로 향수 좀 가져왔어요. 이건 여사님 시그니처고요."

향수 박스를 내밀었다.

"신상이야?"

"아직 미공개인데 이모님만 알고 계세요. 영국 여왕님 레이어링 향수예요."

"영국 여왕?"

"네. 하지만 심사를 받아야 해요. 여왕님이 기력이 약해져서 향수의 향을 잘 감당하지 못하신다네요?"

"그래서 이렇게 소프트하구나? 시원하기도 하고… 어디 보자. 이건 좀 다르네. 통통 튀는 느낌인데?"

손윤희가 남은 향수 하나를 마저 시향 했다.

"상하 레이어링이에요. 괜찮을까요?"

"나라면 닥치고 오케이야. 여왕님도 여자인데 똑같지 않을까?"

"오랜만에 뵙는 거라서 답례 겸 가져왔어요. 나중에 정식 신상으로 나오면 홍보 좀 많이 해 주세요."

"그런 건 걱정도 마. 닥터 시그니처 향수 나왔다고 하면 다들 벌 떼처럼 달려들 테니까."

"그리고 이거요."

강토가 봉투 하나를 정중하게 꺼내 놓았다. 은행에서 끊어 온 14억짜리 자기앞수표였다.

"이게 뭐야?"

"밀라노 패션쇼하고 중국에 낸 향수가 반응이 좋았습니다. 아네모네 향수도 꾸준히 잘나가고요. 그래서 인사동 하우스 집을 제게 팔아 주셨으면 해서요."

"그러니까 집값을 가져온 거야?"

"부동산에 물었더니 시세가 이쯤 된다고 해서요. 1억은 그간의 보답으로 시세보다 더 썼습니다."

"계약서도 가져왔어?"

"네……."

"드디어 때가 됐네."

"너무 늦어서 죄송합니다."

"아니, 내 말은… 잠깐만."

손윤희가 일어섰다. 잠시 후에 돌아온 그녀, 강토가 내놓은 계약서 옆에 또 다른 계약서를 꺼내 놓았다.

*　　　*　　　*

매매계약서.

양도 계약서.

제목만은 조금 달랐다.

매수인 윤강토.

양수인 윤강토.

기와집의 주인이 되는 사람 이름은 똑같았다.

"……!"

손윤희의 계약서를 보면서 또 한 번 놀란다. 거기 쓰인 날짜는 강토가 하우스에 입주하던 날이었다.

"여사님."

강토가 고개를 들었다.

"닥터 시그니처."

손윤희의 눈빛이 겸허하게 변했다. 대스타의 자리를 회복한 국민 여배우 손윤희. 그 위엄 따위는 어디에도 엿보이지 않는 진솔함이었다.

"기억해?"

그녀가 바랜 향수병 하나를 꺼내 놓는다. 그 보틀이었다. 농부르 띠미드를 소분했던 향수병. 그저 흔적으로만 남았던 그 보틀…….

"기억하죠."

"맡아 봐."

"여사님."

"맡아 봐."

손윤희가 향수병을 내민다. 코를 대니 아련하던 향이 더 아련해졌다. 강토의 후각이 아니고는 캐치하기 어려웠던 농부르 띠미드.

"무슨 냄새 나?"

"농부르 띠미드… 하지만 굉장히 아련해요."

강토가 병을 내려놓자 손윤희가 집어 들었다. 이제는 그녀가 향을 맡는다. 굉장히 진지했다.

"나는 더 진해진 거 같은데."

그녀가 아이처럼 웃었다.

"추억 때문일 거예요. 추억 속에 각인된 특별한 향은 느낌만 와도 생생해지거든요."

"그건 공감. 하지만 나에게 진해진 건 농부르 띠미드 향이 아니야."

"네?"

"닥터 시그니처, 즉 윤강토의 향."

"여사님."

"고단하고 힘들 때면 이 병에 코를 대곤 해. 처음에는 농부르 띠미드의 잔향을 맡으려는 거였는데 나중에 알았어. 이 안에 들어 있는 향, 농부르 띠미드가 아니라 윤강토의 향이라는 거."

"……?"

"기억해? 우리 집에 처음 왔던 날?"

"그럼요."

"그리고 수술을 앞둔 내 병실로 달려왔던 날."

"네."

"돌아보면 닥터 시그니처와는 운명적인 만남이었지. 하우스를 빌려주고 온 날 생각했어. 닥터 시그니처, 윤강토의 의미……."

"……"

"나 이제 전성기의 인기를 회복했어. 그때처럼 화려하지는 않지만 젊은 스타들 못지않으니까."

"그건 닥치고 인정이에요."

"그런데 아직도 회복하지 못한 게 있더라."

"……?"

"준서 얘기 들었지?"

"그럼요, 파티도 한 걸요."

"그래, 준서하고 현아… 내 오랜 친구들의 아이들… 다 멋지고 당당하게 자라서 얼마나 좋은지 몰라."

"……"

"닥터 시그니처쯤 되면 이쯤에서 감을 잡았을 것 같은데?"

"여사님……."

"내가 회복하지 못한 것. 앞으로도 회복할 수 없는 것."

손윤희의 눈길이 강토에게 닿았다. 체취도 변한다. 인간이 가장 진솔할 수 있을 때. 그때 날 수 있는 체취에 가까웠다.

"아들과 딸."

"……"

"불손한 생각일지 모르지만 나는… 강토가 내 아들이면 얼마나 좋을까 생각을 했어. 준서처럼, 현아처럼."

"여사님……."

"은혜와 바람, 그 두 가지를 생각하며 이걸 작성해 두었어. 하지만 말을 꺼내지 못했어. 강토가 너무 잘나가니까 타이밍을 놓쳐 버린 거지."

"여사님……."

"내 아들 같은 건… 욕심이겠지. 하지만 하우스만은 받아 줘. 그건 처음부터 강토에게 준 것과 다름없으니까."

손윤희가 양도 계약서를 내밀었다.

계약서에 쓰인 날짜, 하우스에 들어가던 날이 맞았다. 손윤희의 난에는 빠짐없이 인감이 박혀 있었다. 그러니까 강토가 사인만 하면 하우스는 강토 것이 되는 거였다.

"저는……."

"부탁이야."

"하지만 하우스는… 한두 푼도 아니고……."

강토는 당혹스럽다. 상상도 못 한 현실을 만난 것이다.

"닥터 시그니처."

"네?"

"인사동 집은 내가 아끼던 거지만 나 이제 한 달 수입이면 그런 집 몇 채는 살 수 있어. 그런 내가 강토에게 그만한 선물도 못 하게 하려는 거야?"

"여사님."

"말 나온 김에 자백하는데, 나 불의의 사고 같은 걸로 죽게 되면 내 전 재산은 강토 앞으로 가도록 조치도 해 두었어."

"……?"

강토 뇌리에 천둥이 쳤다. 그건 하우스 양도보다도 더 충격적인 발언이었다.

"여사님……."

"부탁해."

손윤희가 강토 손을 잡았다. 바라보는 시선이 포근했다. 순간, 그 눈 속에 왜 죽은 어머니가 엿보였을까? 강토도 모르게 송글 눈물이 맺히고 말았다.

그것 때문이었을까?

손윤희가 엄지를 쥐고 지문을 찍는 동안 몸을 움직이지 못했다.

"여사님."

마지막 지문을 찍을 때 강토가 잠시 손을 멈췄다.

"찍어."

손윤희가 웃었다.

"한 가지만 약속하시면요."

"뭔데?"

"여사님의 전 재산, 그것만은 거두어 주세요. 여사님의 열정으로 모은 재산이라면 더 뜻깊게 쓰시는 게 좋을 것 같습니다."

"예를 들면?"

"기부나 장학 재단 같은 거요. 여사님 이름으로 말이에요."

"나는 강토에게 주고 싶은데? 그게 최고의 기부고 장학 같은데?"

"이모님."

"알았어. 참고할게."

"이모님."

"약속한다니까."

손윤희의 답이 나오면서 강토의 지문 날인도 끝났다.

"아유, 지문도 멋지네. 속 시원하다."

계약서를 든 손윤희가 환하게 웃었다. 거액을 넘겨주면서도 행복한 여자. 그녀의 진심이 고스란히 엿보였다.

"받아. 지장 찍었으니까 이제 강토 거야. 뒤처리까지 내가 다 할 거니까 끼어들면 안 돼."

손윤희가 계약서를 넘겨주었다.

"……."

"그 기와집의 진짜 주인이 나타난 거야. 하긴 주인 바뀔 때도 되었지."

"말 나온 김에 말씀드리자면, 옆집도 사려고요."

"옆집?"

"지금 공간만으로는 좁거든요. 향수 주문이 밀리다 보니 멤버들도 몇 명 뽑아야 하고 향료와 자료도 늘어나서요."

"하긴, 어떨 때는 사람이 너무 많아서 좀 불편한 감도 있더라."

"그렇죠?"

"그런데 옆집이 나왔어? 내가 알기로는 홍 사장님은 가게 팔 생각이 없는 걸로 알고 있는데?"

"맞아요. 몇 번 타진해 보았는데 반응이 없네요. 그 집이 제게는 딱인데."

"하긴 인사동도 이제 옛날 말이지 한옥들이 하나둘 헐려 나가고 없잖아? 강토라면 오래오래 지켜 줄 수 있을 텐데……."

손윤희의 표정이 골똘해진다. 괜한 고민을 안긴 것 같아 강토가 화제를 돌렸다.

"여사님."

"응?"

"아까 말씀하신 아들 말이에요, 저도 늘 어머니처럼 생각하고 있으니 걱정 마세요."

"진짜?"

"그럼요. 그리고 이 은혜 잊지 않고 좋은 향수 많이 만들도록 할게요."

"그래. 고마워."

손윤희가 강토 손을 잡았다. 꾸벅 정중한 인사를 남겨 놓고 밖으로 나왔다. 차 안에서 계약서를 보니 또 고맙다.

'고맙습니다.'

차에서 내려 한 번 더 인사를 했다. 이제는 보이지도 않는 손윤희를 향해서.

*　　　*　　　*

오상규, 신재은, 이범준, 김예리.

네 명의 새 멤버들이 출근을 했다.

"안녕하세요?"

첫 이슬을 맞고 피어난 장미처럼 밝은 목소리가 너무 좋았다. 범준과 예리를 데려가기 위해 다인도 상경을 했다. 상규와 재은은 6개월 후에 내려간다. 범준, 예리와 교대를 하는 것이다.

넷은 일주일간의 하드 트레이닝을 마친 상태였다. 향료실의 향료를 정리했고 10년 단위의 향수 목록을 정리했다. 상미의 오더였다. 자신의 후각은 뛰어나지 않지만 신입들 교육 하나는 똑소리 나게 시키는 상미였다.

둘을 가의도로 보내기에 앞서 점심 회식을 준비했다. 멀리갈 것도 없이 옆 기와집의 한정식이었다.

식사 때까지 다인과 내년의 향료 계획을 상의했다. 장비도 보강해야 했고 남은 자투리 땅의 매입 문제도 있었다.

"이산화탄소 추출법은 생각해 봤어?"

대화 중에 다인의 의견이 나왔다.

"아니."

강토가 바로 선을 그었다.

"그렇지?"

다인이 수긍을 한다. 강토의 고집을 알기 때문이다.

이산화탄소 추출법은 궁극의 추출법으로 불린다. 천연 향을 고스란히 담아낸다. 강토가 쓰는 유지에 못지않은 것이다. 속도도 빠르니 더 경제적일 수도 있었다.

하지만 강토는 최후의 조향사로 남기를 원했다. 유지를 사용하는 앙플라쥐와 메서레이션. 어떻게 보면 원시적으로 보일지도 모르지만 자연과 인간이 교감하는 방법이었다. 그렇기 때문에 대체 불가로 생각하고 있었다.

더구나 보그와 드라고코 리포트 등지의 각종 지면에 최고의 유지를 사용하는 정통 향수 하우스로 홍보가 되었다. 과학이 좋다지만 은근슬쩍 머신에게 묻어 가고 싶지 않은 것이다.

"알았어. 이산화탄소는 오늘자로 머리에서 삭제할게."

다인은 시원하게 지시를 받았다.

그때 핸드폰 화면이 밝아졌다. 손윤희였다.

—닥터 시그니처.

"어, 안녕하세요?"

—바쁘지?

"괜찮습니다. 말씀하세요."

―나 지금 옆집인데.

"네?"

―한정식집 말이야.

"정말요?"

―갑자기 보리굴비 백반이 생각나서 왔는데 예약자 명단에 닥터 시그니처 이름이 있네?

"새 멤버들하고 점심 약속을 했어요."

―나는 맨 끝 방이야. 끝나고 잠깐 볼 수 있을까? 오래 걸리지는 않을 텐데?

"오래 걸려도 괜찮습니다. 식사 끝나는 대로 뵙겠습니다."

강토가 전화를 끊었다.

테스트 향 두 개를 마감하고 매장으로 나왔다. 알람빅 옆에서 상담을 하는 상미가 보인다. 고객은 남자였다. 최근 들어 남자 고객도 폭발적 증가세를 보이고 있다. 그러니 이상할 것도 없는 풍경인데.

"……?"

강토의 시선이 상미에게 끌렸다.

오늘 뽑고 있는 즉석 향수는 망고였다. 달달한 향이 풍성하다. 그런데도 상미와 남자 고객에게서 다른 향이 돋보이고 있었다. 예사롭지 않지만 모른 척했다. 때마침 이린이 새내기들을 끌고 나온 탓도 있었다.

"가자."

이린이 네 새내기들을 이끈다. 저렇게 섞이니 이린도 노련해 보였다.

이날 강토네 메뉴는 12첩 반상이었다.

"다들 조향계의 퀸이나 킹이 되라는 의미야."

강토가 의미를 붙여 주니 모두가 좋아했다.

"나는 손님이 있거든. 그러니까 배 실장이 데려가서 차 한 잔씩 마시고 있어."

식사를 마친 강토가 일어섰다. 손윤희를 오래 기다리게 할 수는 없었다.

"여사님."

구석 방을 열고 인사를 했다. 손윤희는 혼자였다.

"혼자 드신 거예요?"

"응."

그녀의 대답은 태연했다.

"아, 그럼 말씀을 하시지… 제가 와서 같이 먹을 수도 있었는데요."

"닥터 시그니처는 회식이었잖아? 공사는 구분해야지."

"그래도요……."

"조향사는 어때? 연기자들은 가끔 혼자 먹는 것도 괜찮아. 고독도 연기에 양분이 되거든."

"저희도 그래요."

"역시 우린 통한다니까."

"그렇네요."

"그런데 혼자 오니까 우리 홍 사장님이 말동무를 해주시네. 그러다 자연스럽게 이 집 매매 이야기가 나왔어. 저쪽 끝에 화랑 하다가 카페로 바뀐 한옥 있잖아? 또 주인이 바뀌었다고 하더라고."

"……"

"나도 옆집 팔았다고 하면서 혹시 팔 생각 없으시냐고 물었더니 웃으시네. 요즘은 앉아서 돈 까먹기만 하지만 여기가 너무 정이 들었다는 거야."

"그렇겠죠. 30여 년을 하셨다니……"

"무엇보다 이 집 냄새."

"……?"

"홍 사장님, 여기서 부인을 잃었어. 20여 년 전인가? 유방암에 걸렸는데 그게 전신으로 전이가 되면서… 그때가 아마 사장님이 대출금 다 갚은 해였을 거야. 먹고살 만하니까 죽는다고 슬퍼하시던 게 생각나."

"……"

"코로나 때 6개월쯤 버티다가 그만둘까 생각했는데 사모님 생각이 나더래. 구석구석 묻은 아내의 손길… 기둥에도 주방에도, 심지어는 이 테이블들도. 30여 년의 손길이 밴 냄새가 그리워서도 선뜻 내놓지를 못하고 있다고 그래."

"……."

"내가 물었어. 여기 냄새 고스란히 만들어 주면 팔 거냐고? 그랬더니 그런 게 가능하겠냐고 웃으셔. 그래서 닥터 시그니처 얘기를 했지. 이분이 등잔 밑이 어둡다고 옆집이 향수 가게인 줄만 알지 그런 거까지 만드는 건 모르시더라고. 뭐 했어? 간간이 여기 이용하는 거 같던데 홍보 좀 제대로 하지 않고."

"사장님은 늘 주방에서 바쁘시니까요."

"내가 담판 자리 한번 만들어 볼까?"

*　　　*　　　*

사삿.

향수 분사 소리가 아니었다.

이 소리는 옆집 사장님이 매매계약서에 사인을 하는 소리였다. 고맙게도 향수값이라며 100만 원이나 깎아 주었다.

짐작하시겠지만 향수 때문이었다.

손윤희 덕분에 마주 앉게 된 강토, 몇 가지 향수를 선보였다. 아기 향수와 좀비 향수, 개 향수 등이었다. 사장님은 사실 나이가 많았다. 나이를 먹으면 후각이 무뎌진다. 좀비와 개 향수에는 그닥이었지만 아기 향수에서 제대로 꽂혔다.

"우리 손녀 냄새하고 똑같네?"

사장의 반응이었다. 혈육의 냄새는 나이가 들어도 덜 무뎌지는 모양이었다.

단 이틀 만에 한정식집 냄새를 재현해 주었다. 이미 수많은 냄새를 구현해 본 강토였으니 어려울 것도 없었다.

"아하."

첫 스케치를 뿌려 주자 사장님 어깨의 힘을 풀렸다. 만감이 교차하는 표정이었다.

"닥터 뭐라고?"

한참 후에야 목소리가 나왔다.

"윤강토라고 부르셔도 됩니다."

"우리 집 원형은 보존하겠다?"

"네, 그래서 매입하려는 거니까요."

"하긴 옆집도 관리 잘하두만."

"……"

"아는지 모르지만 이 집 팔라는 사람이 한둘이 아니야. 그래도 집이라는 건 임자가 있는 거니까."

"……"

"다른 건 없고 부탁 하나만 들어줘."

"말씀하십시오."

"이 집 원형 보전할 거면 말이야, 언제든 내가 와서 구경할 수 있도록 해 줘. 팔았다고 쫓아내지 말고."

"약속드리죠."

"그럼 계약하자고. 나도 이 집 살 때 너무 마음에 들어서

네 번이나 쫓아다니면서 샀거든. 손윤희 씨 말 듣자니 심성도 고운 사람 같고……."

"별말씀을……."

"더도 말고 나 죽을 때까지만 원형 보전해 줘. 몇 해 전에 올 수리해서 어느 정도는 버틸 거야."

"네, 사장님."

빙고.

사장의 오케이가 떨어졌다.

계약서를 썼다.

사삿.

「홍성갑」

사삿.

「윤강토」

서명하는 사인 소리가 그렇게 좋을 수가 없었다.

"신기하네."

사장은 강토가 만들어 준 향수에서 코를 떼지 못했다.

"냉장고에 몇 달 넣어 두고 숙성된 후에 쓰시면 더 좋을 겁니다."

방법을 알려 주고 일어섰다. 시설 확장 문제에 종지부를 찍는 순간이었다.

그길로 손윤희에게 달려갔다. 전화로 인사할 수도 있지만 그러고 싶지 않았다.

「강토가 내 아들이면…….」

손윤희가 던진 말.

그 얘기가 나온날 할아버지에게 이야기를 전했다.

"네 엄마 정하는 걸 왜 나한테 묻냐?"

할아버지의 답이었다.

"할아버지는 그럼 왜 결혼하는 거 나한테 물으셨어요?"

"짜식이 꼭 말대꾸를 해요. 할아버지가 그런 것 좀 물어보면 안 되냐?"

"되죠. 그러니까 나도 물어볼 수 있잖아요."

"네 엄마면 나한테 며느리냐?"

"그게……."

"방 시인이랑 내 결혼 반대 안 한다면야……."

할아버지가 웃었다.

그날 마음을 정한 강토였다.

하지만.

애로도 있었다.

어머니.

어머니?

어머니!

몇 번이고 혼자 연습해 보지만 입에 붙지 않았다.

거리는 멀지 않았다. 그녀는 한강에서 야외촬영 중이었다.

촬영이 한창이므로 조용히 기다리려 했지만.

그렇게 되지는 않았다. 스태프 중에 강토를 아는 사람이 많았다.

"닥터 시그니처."

그녀들의 반응이 문제였다. 구경꾼들까지 돌아보자 촬영장이 어수선해지고 말았다.

결국 휴식이 선언되었고 손윤희가 다가왔다.

"저 한정식집 계약했습니다."

보고부터 했다.

"진짜? 잘됐다."

"다……."

"응?"

"……."

"왜? 문제가 있어?"

"그게 아니라……."

강토가 얼굴을 붉혔다. 어색한 한 단어가 나오지를 않는 것이다.

"값을 터무니없이 불러?"

"그게 아니고……."

"그럼 뭐? 혹시 매매대금 모자라?"

"어머… 니……."

"응?"

"고맙습니다. 다 어머니 덕분입니다."

강토 입에서 비로소 제대로 된 발음이 나왔다.

"내가 무슨… 응? 지금 뭐라고 그랬어?"

"저 아들 삼고 싶다고 하셨잖습니까? 아직도 그 마음이 변하지 않으셨다면 오늘부터 어머니라고 부르겠습니다."

"어머!"

천하의 손윤희 얼굴이 빨갛게 변했다.

"하우스하고 한정식집 때문은 아닙니다. 저도 그런 마음이 있었지만 혹 실례가 될까 말씀드리지 못했는데 할아버지께 여쭤 보니 할아버지도 찬성하시더군요. 그래서 겸사겸사……."

"그 말 다시 한번 해 봐."

"하우스랑 한정식집 때문이……."

"그거 말고."

"어머니요?"

"그래, 어머니."

"그럼 아들이 된 기념으로 한번 안아 주시겠습니까?"

"당연하지. 백 번인들 못 안겠어?"

손윤희가 두 팔을 벌렸다. 강토가 얌전히 그녀의 허그 안으로 들어갔다.

"고맙습니다."

"아니, 내가 고맙지. 이렇게 반듯하고 멋진 아들이 생겼는데……."

손윤희 얼굴에 햇살이 번진다.

그 햇살을 못 이긴 손윤희, 스태프들을 향해 목이 터져라 고함을 쳤다.

"감독님, 저 오늘 기분 최고예요. 촬영 팀하고 배우들 제가 다 한턱 쏠 테니 어디든 예약만 하세요."

*　　　　*　　　　*

한정식집이 이사를 갔다.

며칠 동안 실내 정비를 했다.

그라스의 향료 연구소 등을 참고한 내부 리모델링이었다. 그렇다고 구조까지 바꾼 것은 아니었다. 조향실은 두 개로 구상했다. 강토 전용이 하나였고 새 멤버들을 위한 공간이 하나였다.

마당에는 옹기를 가져와 야생화를 심기로 했다. 야생화 선정 문제는 방 여사의 조언이 큰 도움이 되었다.

휴식과 구상을 겸한 거실에는 할아버지의 그림이 예약되었다. 덕분에 할아버지는 밤을 새워 그림을 그렸다. 상하이 전시회 준비로 바쁘면서도 고집을 꺾지 않았다.

하지만.

모든 것이 순조롭지만은 않았다.

리모델링을 마쳐 갈 때 문제가 생긴 것이다. 뜻밖의 불청객들이 공사를 방해하고 나섰다.

"어이, 여기 주인 누구야?"

불청객들은 첫마디부터 불손했다.

"대표님."

상미가 보고차 조향실로 들어왔다. 잔뜩 겁을 먹은 모습이었다.

"왜?"

"누가 찾아왔는데……."

"누구?"

"양아치들 같아."

"양아치?"

"옆집 말이야, 그거 누구 마음대로 샀냐고… 자기들이 몇 년 동안 공을 들이고 있었다나?"

"……?"

상미 말에 홍 사장의 말이 떠올랐다. 그 집을 노리고 있는 사람이 많다는 말…….

"이미 끝난 일이라고 하지? 엊그제 등기까지 마쳤잖아?"

"그래도 막무가내야. 상규가 말리니까 잘하면 때릴 기세더라고. 경찰에 신고할까?"

"개싸가지야?"

"그보다도 더한 거 같아. 온갖 험한 말을 다 하네? 덕분에 매장 구경하던 회장님, 사모님 두 분이 그냥 가 버렸어."

"세 명이네?"

강토가 후각을 세웠다. 남자들 체취 셋이 선명했다.

"응."

"내가 만나 볼게."

"그러다 행패라도 부리면?"

"배 실장, 조향사의 조상이 누군지 몰라?"

"연금술사?"

"그래. 그때는 거의 마법사로 불렸지?"

"그런데?"

"뭐가 그런데야? 마법사가 양아치한테 깨갱거리면 되겠어?"

"대표님……."

"걱정 마. 잘될 거야. 정 안 되면 작은아버지 절친이 부장 검사님이잖아? 신세 좀 지지 뭐."

"그건 안심이긴 한데……."

그제야 상미가 길을 터 주었다.

"무슨 일이죠?"

강토가 매장으로 나왔다.

"뭐야? 당신이 여기 주인이야?"

셋 중에서 리더로 보이는 남자, 눈알부터 부라렸다.

"그런데요?"

"허, 이 친구 봐라? 당신 나름 유명한 거 같은데 이렇게 상 도의가 없어도 돼?"

"무슨 말씀인지?"

"옆집 말이야, 내가 3년 전부터 매입하려고 공들이던 거야. 이제 매매가 코앞이었는데 초를 쳐?"

"저는 정당한 과정을 거쳐 매입했습니다만."

"됐고, 다시 나한테 넘겨."

"예?"

"매매가에서 1천만 원 정도는 더 쳐 줄 테니까 나한테 넘기라고."

목소리가 험악해질 때 고객들이 들어왔다.

"손님들 계시니 대표 한 분만 이쪽으로 오시죠."

강토가 조향실을 가리켰다.

"……!"

강토 뒤에 들어선 남자가 주춤거렸다. 안의 공기가 이상한 것이다.

"앉으시죠."

조향 오르간 의자에 앉은 강토가 소파를 권했다. 그 목소리도 어쩐지 다르게 들렸다.

"앉으라니까요."

"……."

강토의 재촉에도 남자는 숨을 고를 뿐이다. 뭘까? 등골을 오싹하게 만드는 이 분위기. 갑자기 범접조차 어렵게 느껴지는 강토의 위엄…….

"옆집 이야기를 계속할까요?"

겨우 자리에 앉자 강토 목소리가 이어졌다.

"……."

"혹시 계약이라도 하셨었나요?"

강토가 일어서자 남자가 움찔 물러섰다. 강토와 함께 밀려드는 냄새, 그건 공포나 비탄과 다르지 않았다.

"주, 주인이 나중에 팔 생각이 들면 우선적으로 생각해 보겠다고……."

남자는 그새 말까지 더듬었다.

"그럼 계약서를 쓴 것은 아니로군요?"

"……."

"저는 정식 계약에 등기까지 마쳤습니다만, 서울지검에 계신 주학길 부장검사님이 지인이라 자문을 받았는데 다운계약서 같은 거 쓰면 큰일 난다고 하시길래 장난도 일절 하지 않았고요."

"……."

"그래도 문제가 된다면 부장검사님께 다시 물어볼 수는 있습니다만."

강토가 핸드폰을 집어 들었다.

"아, 아니… 뭐 그럴 것까지야……."

"계약할 때 옆집을 사려는 분들이 많다는 말은 들었습니다. 하지만 누구든 한 명만 살 수 있는 것 아니겠습니까?"

"그야……."

"역지사지해 보면 미안한 마음은 있습니다. 하지만 집은 이미 등기를 마쳤으니 도움을 드릴 수 없군요. 하지만 향수로 하는 일이라면 도와 드릴 수 있겠습니다만."

"향수?"

"네, 향수."

스슷.

남자에게 향수를 뿌렸다. 좀비 향수였다. 남자는 다시 한번 움츠렸다.

강토가 미리 뿌려 둔 건 현아를 위해 만든 스페셜 공포 향수였다. 그것과 레이어링된 좀비 향수는 또 다른 공포감의 시너지를 일으켰다.

"좀비 향수라는 겁니다. 그쪽 분 분위기에 맞춰 봤는데 조금 다른 분위기로 가 볼까요?"

스슷.

그에게 커피콩을 한 줌 쥐여 주었다. 코에 대라는 시늉을 했더니 주저하다가 코로 가져간다. 그제야 호흡이 좀 안정된다. 공포의 향이 조금 가신 것이다.

스스.

이번에는 재스민과 아몬드 향을 뿌려 주었다. 불안이 가시고 기분이 좋아지는 매칭이었다.

"……?"

남자는 어리둥절한 표정을 짓는다.

"카지노 하시죠?"

"……."

강토의 팩트 저격에 남자가 시선을 들었다. 그의 손에서 칩 냄새가 났다. 그 냄새도 저장하고 있던 강토였다.

"카지노 같은 사업에는 이런 게 대박이죠."

스슷.

다시 향수가 뿌려졌다. 코코넛오일 향이었다. 강토가 백화점 매출을 위한 향을 만들면서 부수적으로 개발해 둔 향이었다. 코코넛오일이 하트 노트다. 순간 남자는 자신이 열대지방으로 바캉스를 온 것 같은 착각을 느꼈다. 기분이 붕 떠 버린 것이다. 뭐든지 질러 버리고 싶은 충동까지 들었다.

강토의 향 마법에 홀린 남자는 어깨를 늘어뜨린 채 조향실에서 나갔다. 향 하나로 사람 마음을 들었다 놨다 하니 기세가 꺾이고 말았다.

"뭘 어떻게 한 거야?"

상미가 물었다. 이린과 상규, 재은도 궁금증이 폭발 직전이었다.

"별거 아니야. 향수 몇 가지 시향 시켜 주었더니 이성적으로 변하던데?"

강토가 어깨를 으쓱해 보였다.

호사다마의 '마'는 이렇게 정리가 되었다.

재미난 것은 이 양아치가 며칠 후에 다시 찾아왔다는 것.

"지난번에는 실례가 많았습니다. 알아보니 굉장히 유명하신 분이디군요. 전에 보여 준 향수 있잖습니까? 카지노에 어울린다는… 그것 좀 부탁하고 싶어서 왔습니다."

이번에는 굉장히 정중한 목소리였다.

강토 대신 나선 상미의 대답이 걸작이었다.

"지금 예약이 너무 밀려서요, 한 3년 기다릴 수 있다면 계약하시고 가세요."

제3장

대륙 VIP들을 홀린 향수

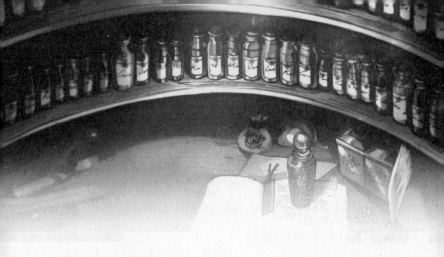

완판.

우췬페이에게 건너간 추가 분량 향수 역시 매진을 기록했다. 시간이 너무 남아 강토의 향수 소개에 할애할 정도였다.

이번에는 강토도 본방 사수에 성공했다. 지난번의 교훈을 잊지 않은 상미가 시간을 딱 맞춰 준 것이다.

우췬페이.

화면 앞의 그녀는 거의 마녀였다. 강토의 향수에 신비감과 함께 차별의 가치를 입힌 것이다. 다른 명품과의 비교 역시 신박했다. 강토가 조바심이 날 정도였다.

—한 번만 더 해요. 자세한 건 추진진의 결혼식 때 상의하

고요.

완판 직후에 온 그녀의 전화였다.

추진진의 결혼식.

이번 주 일요일로 다가왔다.

그 나흘 전인 수요일부터 토요일까지는 할아버지의 전시회가 열리는 날이었다. 할아버지는 이미 상하이로 날아갔다. 꽉 파오의 독촉 때문이었다.

강토도 같이 갈까 싶었지만 옆집의 입주 때문에 그러지 못했다. 입주가 오늘이었다.

지잉.

숙성실 문이 열렸다. 향수가 열리는 과수원에 들어온 느낌이다. 알루미늄 통과 갈색 유리병 안에서 향수들이 익어 간다. 개인별 시그니처도 있고 여왕과 공주의 것도 있었다.

걸음이 추진진의 향수 앞에서 멈췄다.

「추진진」

라벨이 선명하다.

「pure Moon의 햇살마중」
「밤에 뜬 wild Sun」

타이틀도 보인다.

88병의 향수 선물 세트와 스페셜 이벤트를 위한 에멀전 재료는 이미 추진진에게 발송이 되었다. 강토만 비행기에 탑승만 하면 되는 것이다.

또 다른 향수를 돌아본다. 손윤희의 짝꿍 향수부터 아기 향수, 좀비 향수까지. 종류가 부쩍 늘어나 있었다. 추진진의 결혼 다음에 나갈 향수는 밀라노 패션쇼에서 선보였던 향수들이었다. 예약 분량들이다. 그것들은 대한 콤마에서 병입 중이다. 금요일에 항공 선적될 예정이니 다음 주면 유럽의 소비자들 손에 들어갈 것 같았다.

나머지 향수들은 강토가 상하이에 있는 동안 옆집으로 옮겨 간다. 그건 가의도에서 올라온 다인이 책임지기로 했다. 겨울이라 다인도 서울에 머무는 시간이 늘었다.

"대표님."

숙성실에서 나오자 이린이 꽃다발을 안겨 주었다.

「축 확장 이전」

리본이 선명하다.

그게 시작이었다. 딱히 알리지도 않았지만 단골을 중심으로 소문이 퍼져 버렸다.

게다가.

손윤희는 안을 수도 없을 만큼의 장미를 싣고 왔다.

"닥터 시그니처."

강토를 보기 무섭게 허그부터 날린다.

"어머니, 웬 장미를 이렇게 많이?"

"왜? 하나밖에 없는 아들 입주식에 기분 좀 내면 안 돼?"

"그래도… 묻혀 죽겠잖아요?"

"이제 시작인데?"

손윤희가 뒤를 돌아보았다. 그러자 현아와 준서 어머니의 차량이 속속 도착했다. 준서도 나오고 현아도 따라 나왔다.

"형, 현아야."

"아, 실망이야. 우리 닥터 시그니처… 우리 몰래 입주식 하려고 했다며?"

준서가 먼저 포문을 열었다.

"그러게 말이에요. 나도 할리우드 캐스팅 된 거 비밀로 할까 봐."

현아도 공세에 참여한다.

"현아 할리우드 캐스팅 확정되었어?"

강토가 물었다.

"오빠 덕분에 안소니 감독님 차기작에 특별한 조연으로 캐스팅되었어요. 새해부터 크랭크인 들어간대요."

"이야, 잘됐다."

"혹시라도 할리우드 레드카펫에 나갈 일 생기면 시그니처 알죠?"

"당연하지. 나가기만 해."

"그건 나중 얘기고 일단 꽃부터."

준서가 꽃 폭격을 시작했다. 생화의 싱그러운 냄새가 강토 품에 차곡차곡 쌓였다.

"기왕 이렇게 된 거 지금 공개하는 게 어때?"

상미가 강토를 바라보았다.

"분위기상 그래야겠지? 아니면 뼈도 못 추릴 것 같으 니……."

강토가 황솔 원목으로 만든 통로의 문을 열었다. 옆집으로 이어지는 새 문. 그걸 열자 산뜻하게 단장된 두 번째 하우스 가 모습을 드러냈다.

"어머니, 같이 가시죠."

강토가 손윤희의 손을 잡았다.

"아유, 준서 데리고 오길 잘했지. 아니면 우리 손 양, 아들 생겼다고 으스대는 꼴을 어찌 봤을까?"

준서를 앞세운 이해수가 환하게 웃었다.

전문 이사 팀이 왔다.

그래도 조향 오르간의 향료만은 강토가 직접 옮겼다. 이것 은 강토의 분신. 다른 사람에게 맡기고 싶지 않았다. 할아버 지가 새로 준 작품 앞에 자리한 조향 오르간. 수많은 향료들 이 차곡차곡 위용을 갖췄다.

새 보금자리에 자리를 잡은 오르간 앞에서 단체 사진을 찍 었다.

찰칵.

첫 하우스 오픈 때는 뉴비로서의 촌티가 엿보였던 강토.

오늘은 달랐다.

세계 향수 시장의 지각변동을 겨누고 있었다.

누구도 넘보지 못하는 향의 마법사이자 최고의 조향사.

강토 머리에 켜진 생각이었다.

*　　　*　　　*

"우리 비행기는 곧 상하이 푸동 공항에 착륙합니다."

안내 방송이 나왔다. 승무원이 다가와 창문을 열어 주었다.

"가실 때도 뵙기를 바라요."

그녀가 웃었다. 짧은 시간이지만 최고의 서비스를 보여 주었던 그녀. 강토를 알고 있었다. 강토의 향수도 쓰고 있었다.

이럴 때가 행복했다. 강토를 알아주는 것보다 강토의 향수를 만날 때. 조향사를 행복하게 하는 건 역시 향수였다.

'시작이 좋네?'

그녀의 미소를 받으며 비행기를 나왔다.

핸드폰을 켜자 전화와 카톡, 해외여행 안내 문자 등이 쏟아지기 시작한다. 압권은 할아버지 것이었다.

[손자 기다리다 눈 두 번 빠짐]

강토가 응수한다.

[제가 가면 방 여사님 사이에 고춧가루가 될 것 같은데요?]

할아버지가 질 리 없다.

[고춧가루 대환영, 기왕이면 청양으로]
[기다리세요. 아주 제대로 뿌려 드릴 테니]

카톡을 접고 입국심사를 받았다. 강토 줄에서 약간의 문제
가 생겼다. 앞쪽에서 입국심사를 받던 사람의 비자 문제였다.
소리가 높아지더니 공안이 출동했다. 그를 체포하는 과정에
서 심사가 지연되었다.

곧 수습되었지만 어수선한 분위기는 여전했다.

심사를 마치고 수화물을 찾으러 갔다.

상하이 공항은 규모가 엄청나다. 수화물이 나오는 라인도
많고 길었다. 소란으로 지체된 까닭에 짐은 벌써 나와 있었다.
대부분 다 찾아가고 몇 개만 반복해서 돌고 있다. 저쪽 반대
편으로 돌아가는 강토 가방이 보였다.

하지만.

그 가방이 강토 앞으로 왔을 때 강토 안색이 파랗게 변해

버렸다.

분명 강토의 가방이었다.

그러나 냄새가 달랐다.

"⋯⋯?"

머리카락이 쭈뼛 올라갔다. 이제 보니 똑같은 가방이었다. 수화물 태그가 강토 것이 아닌 것이다.

'이런.'

사고였다. 누군가 자기 가방으로 착각하고 가지고 나간 모양이었다.

재빨리 냄새의 궤적을 좇는다. 가방 안에는 기본 향수 샘플들이 들었다. 조향사로서의 필수품이었으니 어떻게든 찾아야 했다.

입구 쪽이다. 강토 가방을 들고 가는 사람이 보였다. 남은 가방을 끌고 그쪽으로 뛰었다. 가방을 바꿀 생각이었다.

그런데.

다른 사고가 따라왔다. 공항 공안이 뛰어오더니 강토를 잡은 것이다. 공안 옆에 중국 여자가 있었다. 그녀가 강토가 끌던 가방을 가리켰다.

"제 가방이에요."

"⋯⋯?"

일이 복잡하게 되었다.

결국 추진진의 도움을 받게 되었다. 그녀가 공항을 통제하는 고위층에 다리를 놓은 것이다. 공안이 강토 말을 믿지 않았기 때문이었다. 고위층의 연락을 받은 공안이 강토 가방을 회수해 왔다. 그제야 오해가 풀렸다.

사연은 이랬다.

제일 먼저 강토 가방을 가지고 나간 중년.

그와 강토, 그리고 여자의 가방까지 세 개가 같은 회사의 것이었다. 다만 중년의 가방은 컬러만 달랐다. 중년은 일정이 급했으니 강토 가방이 나오자 자기 것으로 착각하고 집어 들었다. 이유가 있었다. 그는 색맹이었다. 강토 가방과 자기 가방의 색깔을 구분하지 못한 것이다.

공항은 의외로 수화물의 본인 확인을 잘 하지 않는다. 상하이 공항도 예외는 아니었다.

"죄송합니다."

그가 강토에게 고개를 숙였다.

"죄송합니다."

강토도 여자에게 고개를 숙였다. 어쨌든 실수를 한 것이다.

"미안해요. 오해해서."

그녀도 사과를 했다.

"나한테 연락하지. 나도 그 정도는 해결해 줄 수 있는데……"

사연을 들은 곽파오의 딸 루옌이 섭섭한 표정을 지었다.

"누나는 다음에 써먹으려고 그랬죠."

그녀가 끌고 온 차에 오르며 강토가 말했다. 고맙게도 픽업을 나와 준 것이다.

"하긴 추진진이 나보다야 백배 낫지. 추 회장님은 상무위원들과도 통하시니까."

"전화하신 분이 굉장히 높은 분 같았어요. 공안 책임자가 숨도 못 쉬더라고요."

"그럼 왕커치앙 쪽인 것 같네."

"왕커치앙요?"

"우리 중국의 2인자? 추 회장님과 각별하고 추진진도 삼촌이라고 부르는 사이야. 이번에 추진진 결혼식에 축사를 하러 온다고 들었거든."

"추 회장님, 진짜 대단하네요."

"그럼. 상하이에서는 추젠화 회장님을 빼고 말하기 힘들지."

"으음, 갑자기 추진진이 위대해 보이는데요?"

"나는 강토가 더 위대해 보여. 그런 추진진의 옷을 다 벗긴 남자잖아."

"누나……."

"아무튼 자칫했으면 가방 찾으러 상하이를 뛰어다닐 뻔했네?"

"그러게요."

"아무튼 그건 그거고 당장은 내일 열리는 전시회부터."

"할아버지는 어떠세요?"

"천방지축, 윤 화백님 물 만나셨어. 중동을 누비던 모습 제대로 나오시더라. 오늘도 중국 화단과 미술 방송에서 인터뷰해 갔는데 중국어 아직 안 죽었더라. 성격은 뭐 만리장성도 뛰어넘을 것 같고."

"우리 할아버지잖아요."

"그래. 테러범들 면전에서도 쫄지 않던 강토네 할아버지… 우리 아버지하고 어찌나 죽이 잘 맞는지……."

"중국 분위기는 어때요?"

"윤 화백님에 대한 평가?"

"네."

"기대 이상이야. 사실 벨벳이 그림 재료로는 단점이 있지만 매력도 있잖아? 미리 말하는데 신작으로 출품한 작품들, 비밀 경매로 가자고 했는데 기록 나올 것 같아."

"그건 아저씨 덕분이겠죠?"

"아버지가 발로 뛴 건 사실이지만 추 회장님 후광 덕분이지."

시내로 들어온 차가 와이탄에 멈췄다. 할아버지의 전시장은 거기 있었다.

안으로 들어가자 그림 배치를 감독하는 할아버지가 보였다. 청멜빵바지에 보라색 남방을 입고 정신이 없다. 강토가 온 것도 모른다.

"누나."

할아버지를 부르려던 루옌을 막았다. 할아버지가 너무 행복해 보였다. 그 단꿈을 깨고 싶지 않았다.

할아버지는 상하이에서 별이 되었다.

국내 화단의 짠물 평에 시달리던 분. 여기서 새로운 기록을 썼으니 80호짜리 그림 한 점이 8억을 찍은 것이다.

할아버지가 별이 되었다는 건 경매 가격 때문이 아니었다. 최고가에 팔린 그림 가격의 절반을 중국 화단에 기부했다. 가난하지만 그림에 소질이 있는 아이들을 위한 장학금이었다.

물론.

나머지 반은 국내 화단에 기증을 했다. 희망 사항은 똑같았다.

전시회가 끝나고, 중국 국영방송의 인터뷰까지 끝난 후에 강토에게 속삭인 말은 간단했다.

"이제야 네 앞에서 체면이 좀 서는구나."

우리 할아버지 진짜…….

멋짐 폭발이었다.

나흘 여정의 전시회가 끝났으니 강토 차례였다.

추진진의 결혼식 장소는 청나라 왕조의 분위기가 고스란히 남은 건물이었다. 고풍스럽고 우아한 건 말할 것도 없고 면적 또한 대륙의 스케일답게 넓었으니 시쳇말로 축구장으로 써도 될 정도였다.

강토는 실내 향수 세팅을 맡았다. 강토가 요청한 대로 사전 준비가 되었으니 크게 어려울 건 없었다. 놀라운 것은 오색 조명 장치에 쓰인 투명 원석들이었다. 수정부터 루비, 에메랄드 등으로 여덟 가지 색을 맞췄다. 더불어 특수 효과까지 붙었다. 용기에 진동을 만들어 거품을 띄워 올리게 한 것이다.

향기 방울의 비상.

추진진다운 장치였다.

에멀전을 만들었다. 오일과 유화제의 혼합 실험은 이미 여러 번 해 본 후였다.

향료는 추진진의 이해를 구한 대로 재스민과 일랑일랑이 주성분이었다. 다만 추진진의 동선에는 핑크 자몽과 망고 향을 추가했다. 조금 남겨 두었던 그녀의 체취도 들어갔다. 혹시 모를 알레르기를 방지하기 위한 선제 조치였다. 자몽은 추진진을 소녀처럼 어리게 보이도록 하는 향 장치다. 망고는 자몽을 풍성하게 하는 보조 향이었다.

거품이 된 향수를 장치에 넣고 조명까지 켰다.

"와아."

예식 예행연습을 하던 여종업원들이 몰려들었다. 향과 분위기에 홀려 할 일을 잊은 것이다.

"거품 좀 만져 봐도 돼요?"

용감한 여종업원 하나가 강토에게 물었다.

"오늘은 가능합니다."

강토가 수락하자 여종업원들이 다투어 손을 내밀었다. 그러자 일부 거품 향이 허공으로 날아올랐다. 작은 거품들이 천장의 엔틱한 조명에 키스를 할 때 추진진에게서 전화가 들어왔다. 인사는 할아버지의 전시회에서 이미 나눈 후였다. 공항에서 벌어진 일에도 각별한 고마움을 전한 강토였다.

―추진진이에요. 어디 계세요?

"식장에서 향수 시스템 점검 중입니다."

―거품 향… 보고 싶네요. 하지만 일이 바빠서 가지 못해요. 밀린 업무를 다 처리해야 신혼여행을 갈 수 있거든요.

오래 통화하지는 못했다. 오늘만은, 그녀가 강토보다 바빴던 것이다.

다음 날, 추진진의 날이 밝아왔다. 일찌감치 식장으로 출근(?)한 강토는 한 번 더 향 시스템을 점검했다. 여덟 보석의 팔색 조명은 볼수록 아름다웠다.

"닥터 시그니처."

반가운 목소리의 주인공은 우천페이였다. 오늘의 사회를 맡았으니 일찌감치 달려온 그녀였다.

"멋진데요?"

의상까지 기막혔으니 강토가 립 서비스를 하지 않을 수 없었다.

"향수는 어때요?"

"제 향수를 뿌렸네요? 아이리스의 팬터지 on 블랑쉬?"

"맞아요. 재스민을 골랐는데 추진진의 시그니처라니 양보했죠. 이게 추진진이 자랑하던 거품 향이군요?"

우췬페이가 거품 향 앞으로 다가섰다.

"괜찮나요?"

"굉장히요. 제 결혼식 때도 부탁드려도 될까요?"

"예약해 두죠. 남자가 수배되면 바로 연락하세요."

강토의 거품 향.

초대박이었다.

후각과 시각이 완벽하게 매칭된 향은 모두의 오감을 홀렸다. 도착하는 귀빈 커플들마다 감탄하느라 바빴다. 상당수가 중년 이상의 부부였음에도 향의 유혹을 비켜 가지 못했다.

좋았어.

강토가 고무될 때 추젠화 부부가 도착했다.

신부 추진진도 도착했다.

"추진진?"

그녀보다 향수에 놀라는 우췬페이였다. 절친인 그녀조차 몰랐던 강토의 작품. 그 시그니처에 뻑 가 버리는 우췬페이였다.

"맙소사, 이 향수… 게다가 나이도 훨씬 어려 보여. 닥터 시그니처 작품?"

"응."

추진진의 미소는 자부심으로 탱탱거렸다.

추진진은 거품 향부터 확인했다. 결국에는 손을 내밀어 거품을 한 움큼 건져 올렸다.

"너무 멋져요. 향수도 그렇고요."

그녀의 평가는 별 다섯 개의 만점이었다.

"흠흠, 첫사랑 때의 기분으로 돌아가는 느낌이군."

추젠화 부부조차 향에 사로잡혔다.

추진진이 신랑을 소개해 주었다. 밀려드는 하객들의 면면을 보면 강토에게 시간을 할애해 준 것 자체가 엄청난 사건이었다.

중앙당 상무위원 두 사람에 상하이 총서기, 베이징 서기… 나아가 중국 100대 기업의 총수 10여 명과 각계각층의 지도자들 수십 명, 초대한 인원은 88쌍에 불과했지만 그 위용은 중국의 절반을 옮겨 왔다고 해도 과언이 아니었다.

"추젠화 회장님, 대단하시지?"

할아버지와 방 여사, 루옌과 함께 도착한 곽파오가 웃었다. 그도 나름 거물이지만 이 자리에서는 얘기가 달랐다.

"이제 VIP만 오시면……."

그가 입구를 바라보았다.

"저번에 강토 도와주신 왕커치앙 님."

루옌이 부연 설명을 했다.

"참고로 평생 싱글 선언하고 살다가 작년에 25살 연하의 젊은 신부와 결혼했음."

귓속말도 이어졌다.

순간, 입구가 소란스러워지더니 세단이 멈췄다. 차에서 50대의 중후한 중년이 내렸다. 루옌이 말한 젊은 신부와 함께였다. 하객들이 일제히 그에게 몰려들었다. 어제 강토 향수에 몰려든 여종업원들보다도 필사적이었다. 눈도장을 찍으려는 것이다.

"신사 숙녀 여러분, 이제 곧 결혼식이 거행되겠습니다. 테이블에 앉아 주시면 고맙겠습니다."

안내 방송과 함께 왕커치앙 부부가 들어섰다.

그의 젊은 신부, 강토의 거품 향을 보기 무섭게 걸음을 멈췄다. 그녀도 거품 향에 홀린 것이다.

그런데.

여기서 돌발이 터졌다.

드레스에 시원하게 파인 가슴 부분으로 손이 올라가더니, 격한 기침과 함께 쇄골을 잡으며 주저앉아 버린 것이다.

"샹란!"

상무위원의 비명이 터졌다.

*　　　　*　　　　*

콜록콜록.

격한 기침이 이어졌다.

"샹란."

상무위원 왕커치앙의 외침과 함께 실내는 대혼란에 빠져 버렸다. 오늘의 주인공은 누가 뭐래도 추진진과 신랑이었다. 그러나 또 다른 주인공은 바로 왕커치앙이었다. 그가 있어 추 젠화가 빛나니 추진진 또한 함께 부각이 되는 것이다.

그렇기에 공을 들여 초빙한 왕커치앙. 그의 어린 신부가 기 절해 버렸으니……

자칫하면 결혼식까지도 엉망이 될 판이었다.

"어떻게 되었어요?"

대기실에 다녀온 우췬페이에게 강토가 물었다. 곽타오와 루 예은 물론이고 할아버지와 방 시인도 초긴장이었다.

"조금 나아지긴 했는데 기침 발작이 잘 진정되지 않는다고 해요."

"원래 몸이 약한가요?"

"그분 말이 일랑일랑 알레르기가 있다고 하네요."

"……!"

강토 머리카락이 삐죽 올라갔다. 알레르기는 여러 형태로 나타난다. 추진진처럼 피부 트러블로 그치기도 하지만 심하면 기절하는 경우도 있다. 이 여자는 천식의 형태로 연관되고 있 었다. 냄새를 맡는 순간 기침 자극이 되는 것이다.

거품 향에 들어간 하트 노트의 하나가 바로 일랑일랑이었다. 그 성분만 빼내는 재주는 강토에게도 없다. 방법은 거품 향을 치워 버리고 실내 환기를 시키는 것뿐이다.

그렇게 되면 추진진의 최대 이벤트가 사라진다.

곤란했다.

"무슨 방법이 있나요?"

우췬페이가 울상을 지었다.

"제가 그분을 좀 볼 수 있을까요?"

"그럼 같이 가요."

우췬페이가 강토 팔을 끌었다.

"추진진."

대기실 앞의 추진진에게 우췬페이가 눈짓을 했다. 추진진의 눈에 강토가 들어왔다.

"닥터 시그니처."

추진진의 눈에도 걱정이 가득했다.

"쓰러진 분이 향수 알레르기가 있다고요?"

"어릴 때 일랑일랑 향수를 얼굴에 쏟은 적이 있다고 해요. 그게 코로 들어가면서 기침을 심하게 했는데 그때부터 일랑일랑 냄새를 맡으면 발작 비슷하게 진정이 되지 않는다네요."

"그렇군요. 거품 향 안에 일랑일랑이 있잖습니까?"

"어쩌죠? 기침이 멈추지 않는다고 구급차를 불러 달라고 하십니다."

구급차.

그렇게 되면 이 결혼은 정말 어려워진다. 축사를 맡은 중국 공산당 서열 2인자. 그의 아내가 쓰러졌으니 결혼식을 거행하기도 편치 않은 것이다.

"거품 향에서 일랑일랑의 냄새만 지울 수 없나요?"

"죄송합니다. 이미 만들어진 향수라서……."

"그럼 일단 거품 향수를 치우고 환기부터 시켜야 할 것 같아요."

"그렇게 되면 추진진께서 원하던 이벤트가……."

"할 수 없잖아요?"

"잠깐만요."

"닥터 시그니처, 한국 사람이라 잘 모르는 모양인데 우리 중국에서 상무위원님은……."

"솔직히 그건 잘 모릅니다. 하지만 다른 걸 알죠."

"다른 거라고요?"

"우선 쓰러진 분, 일랑일랑 자체를 싫어하지는 않는 것 같습니다."

"어째서죠?"

"싫어했다면 식장에 들어서기 전부터 거부감을 느꼈겠죠."

"……?"

"제가 만나게 해 주십시오. 해결책이 있습니다."

"닥터 시그니처… 그러다 상무위원님이 불쾌하게 받아들이시면……."

"그분은 추진진의 결혼을 축하하기 위해 온 게 아닙니까? 더불어 사모님의 알레르기까지 잡게 되면 손해 날 게 없지요."

"저처럼요? 하지만 상황이 다르잖아요?"

"딱 한 번이면 됩니다. 병원에 가더라도 기침부터 멈추고 가면 좋지 않습니까?"

"알았어요."

추진진이 문을 열고 들어갔다.

"오세요."

허락을 받은 모양이다. 그녀가 문을 열고 손짓을 했다.

콜록콜록.

사모님의 기침은 아직도 진행형이었다. 온몸에는 식은땀까지 홍건해 보였다.

"상무위원님, 이분이 한국에서 오신 조향사 선생님이세요. 향수 쪽에서는 세계적인 지명도를 가진 분이십니다."

추진진이 강토 소개를 했다.

"우리 샹란의 발작을 멈추게 할 수 있다고요?"

상무위원이 물었다.

"한번 해 보겠습니다."

그 자리에서 향수 샘플 가방을 열었다.

그러자.

"이봐요. 지금 뭐 하려는 겁니까?"

상무위원의 수행원이 주의를 환기시킨다. 가방 가득 들어 있는 샘플 향료들을 본 것이다.

"향수에서 할 말은 아니지만 이독제독이라는 말이 있잖습
니까?"

강토가 상무위원을 바라보았다.

"독으로 독을 다스린다?"

"예."

"그만둡시다. 그러다 더 심해지면?"

상무위원이 손을 저었다.

"딱 한 번만 시도해 보겠습니다."

"안 돼."

…라는 그의 말보다 강토의 손이 더 빨리 움직였다. 샘플
향 몇 개를 리넨에 뿌린 것이다.

"이자가?"

왕커치앙 눈에 힘이 들어갔다. 순간, 샹란의 발작이 이어졌
다. 배를 잡으며 격한 기침을 토한 것이다.

"추 회장, 앰뷸런스 불렀소?"

왕커치앙의 목소리가 높아질 때였다. 강토 손에 들린 리넨
이 샹란의 코앞에 디밀어졌다.

"이봐."

왕커치앙이 강토 손을 후려쳤다. 그 바람에 강토가 리넨을
놓쳐 버렸다. 그걸 왕커치앙이 잡았다. 쓰레기통에 버리려는
순간, 이번에는 샹란의 손이 리넨을 잡았다.

"이거……."

그녀는 리넨을 놓지 않았다.

"샹란."

"저 주세요."

"……?"

왕커치앙이 샹란을 바라본다. 리넨을 받아 든 샹란, 그걸 코에 대고 한참을 숨 쉬었다. 호흡이 편안해진다. 체취도 안정이 된다. 체취는 강토만 알 수 있지만 호흡은 왕커치앙에 더불어 추젠화와 추진진도 알 수 있었다.

마침내 발작에 가깝던 기침이 멈췄다.

"샹란?"

"이 리넨… 이 냄새를 맡으니 편해져요."

샹란이 왕커치앙을 바라본다. 그러자 그의 시선이 강토에게 돌아갔다. 강토는 꾸벅 예의를 갖출 뿐이다.

"당신이 한 거요?"

왕커치앙이 강토에게 물었다.

"기회를 주셔서 감사합니다."

강토는 공을 왕커치앙에게 돌렸다.

"뭘 어떻게 한 거요?"

"말씀드렸잖습니까? 이독제독."

"……?"

"진정 작용을 하는 향으로 다스렸습니다. 제비꽃과 모과, 그

리고 머스크… 체취가 편안해지는 것으로 보아 이제 괜찮을
겁니다."

"진짜 이독제독법을 썼단 말이오?"

"여기 계시면 안전할 겁니다. 만약 결혼식을 보고 싶으시다
면 방금 전의 향을 스카프에 뿌려 드리죠. 농도를 조절하면
발작을 막을 수 있을 겁니다."

"정말요?"

샹란이 물었다.

"예."

"안 돼. 그러다 또 발작을 하면?"

왕커치앙이 손을 저었다.

"실험을 해 보시면 되죠."

강토가 딜을 날렸다. 조금 전과는 달리 느긋한 목소리였다.
여자의 마음, 왕커치앙은 잘 모르고 있었다. 샹란은 추진진의
결혼식을 보길 원하고 있었다.

"허락해 주세요."

샹란이 왕커치앙의 수락을 구한다. 승부의 축은 강토에게
기울어졌다. 상무위원의 파워가 하늘을 찌른다고 해도 열애
에 빠져 있는 그가 젊은 아내의 청을 거부하기는 어려웠다.

스스슷.

강토가 즉석 진정 향 제조에 들어갔다. 스카프에 오일을 뿌
리고 그 위에 다시 진정 작용의 향수를 뿌렸다. 농도는 거품

향에 들어간 일랑일랑과 조율을 했다. 이쪽 향을 농밀하게 세팅한 것이다.

샹란이 대기실에서 나왔다.

"……?"

모두의 시선이 그녀에게 집중되었다. 그녀는 추진진의 안내를 받으며 가장 가까운 거리에 있는 거품 향으로 다가갔다.

3미터.

2미터.

그리고 1미터…….

마침내 거품 향 앞에 서지만 기침은 나오지 않았다.

"여보."

샹란이 아이처럼 상무위원을 돌아본다.

저 괜찮아요.

그녀의 표정이 전하는 말이다.

강토의 존재감이 확 살아나는 순간이었다.

"괜찮아?"

왕커치앙이 어린 아내에게 물었다.

"네."

"진짜?"

"네, 저 기침 안 하잖아요?"

"……."

"추진진, 어서 결혼식 진행해요. 다들 기다리시잖아요."

샹란이 추진진 등을 밀었다.

짝짝짝.

귀빈들의 박수가 쏟아졌다. 숨을 고른 왕커치앙이 그들에게 예의를 갖추는 것으로 돌발 위기가 넘어갔다.

"닥터 시그니처."

강토를 돌아보는 추진진 눈이 젖어 있다. 고마워요, 고마워요. 그녀의 눈이 말하고 있었다.

"만장하신 여러분."

우쳔페이가 낭랑한 목소리로 앞으로 나간다. 장내는 빠르게 안정이 되었다. 곽파오 부녀가 강토에게 쌍엄지척을 날린다. 할아버지와 방 여사도 빠지지 않는다.

강토는 선 채로 거품 향 장치를 돌아본다.

팔색 조명 속에서 무지개를 그리던 작은 향들이 날아오른다. 그 입자 하나하나가 실내를 메워 간다.

짝짝짝.

박수가 뜨거워진다.

우쳔페이가 귀빈들을 소개하고 있었다. 그야말로 어마어마한 인물들의 집합이었다. 그럼에도 한 가지는 닮았다. 모두가 설렘 속에 빠진 것이다.

"그럼 오늘의 축사를 맡아 주실 왕커치앙 님을 모십니다."

우쳔페이의 목소리가 절정으로 달려간다.

소개를 받은 상무위원이 앞으로 나선다. 축사가 이어진다.

그사이에도 귀빈들의 아내들은 거품 향을 힐금거렸다. 향에 가까운 여자들은 손을 내밀어 만지기도 했다. 얼굴에 홍조가 가득하다. 분위기에 취해 남편에게 고개를 기댄 여자들도 있었다.

모두가 설렘으로 가득할 때.

마침내.

신랑과 신부가 등장을 했다.

순간.

신부와 가까운 곳의 귀빈들의 촉각이 곤두서 버렸다. 애련한 거품향을 밀어내고 다가오는 또 하나의 향수 충격. 그 출발점은 신부였다.

"어머?"

예외는 없었다. 추진진이 걸어가면, 모두가 고개를 들었다. 눈부시도록 아름답게 단장한 신부, 그 옷과 화장 외에 또 다른 무엇이 있었다. 여자들은, 그게 무엇인지 단번에 알았다.

'향수.'

맑디맑은 달빛 느낌이다. 천재 시인 이백이 그리던 그 달빛보다도 치명적이었다.

그런데.

신랑의 향수는 또 달랐다. 맑은 달빛을 포용하는 햇살 느낌이다. 둘은 하나처럼 둘처럼 아른거리는 향을 풍기며 행진했다. 정말이지 한 편의 환상이 아닐 수 없었다.

내빈들이 허덕거린다. 체면만 없다면 호수 속의 달을 잡으려던 이백처럼, 추진진을 붙잡고 싶을 정도였다.

다행히.

주변의 박수가 그녀들의 정신 줄을 잡아 주었다.

짝짝짝.

박수가 점점 뜨거워진다. 강토도 부지런히 박수를 보냈다.

"너무 멋져요."

할아버지 어깨에 머리를 기댄 방 여사의 속삭임이 꿈결처럼 들린다.

"나도 결혼하고 싶다."

루옌의 넋두리는 귀엽기까지했다.

하긴…….

결혼…….

사랑…….

강토조차도 메리언이 그리워지는 공간이었다. 거품 향이 만들어 낸 마법이었으니 누구든 사랑하고 싶은 공간이었다.

추젠화의 답사에 이어 신랑 신부의 답사가 이어진다.

"여러분."

귀빈들에게 공식 감사를 전한 추진진이 몇 마디를 덧붙였다.

"제 친구 우천페이가 소중한 내빈들을 한 분 한 분 소개했습니다. 다시 한번 이 자리를 빛내 주신 점에 감사를 드립니다. 하지만 한 사람이 빠진 것 같아 제가 직접 소개를 해 드리려 합니다."

"빠졌다고?"

귀빈들이 주변을 돌아본다. 모두가 거물이었다. 그렇기에 빠진 거물이 누구인지 확인하고 싶었다.

"저는 결혼에 앞서 제 결혼식을 빛내 주실 분들에게 어떤 보답을 할까 고민을 했습니다. 멋진 장소와 맛난 요리는 너무 흔했으니 조금 다른 방향으로 생각을 돌렸습니다. 그게 바로 여러분의 옆에서 무지개를 피우고 있는 저 거품 향수입니다."

"아."

귀빈들이 일제히 거품 향수를 돌아본다.

"동시에 여러분의 기억에 영원히 남을, 저희 부부를 상징하는 향수를 답례품으로 준비를 했습니다."

추진진이 두 개의 향수병을 들어 보였다. 추진진의 시그니처와 신랑의 시그니처였다.

그러자 88명의 여자들이 붉은 치파오로 단장하고 들어섰다. 그들의 손에는 정성껏 포장한 향수 세트가 들려 있었다. 그 향수가 일제히 귀빈들에게 전해졌다. 귀빈들, 특히 아내들의 입이 미친 듯이 벌어졌다. 그녀들의 일부는 호기심을 참지 못하고 포장을 열었다.

스슷.

향수까지 뿌리고 말았다.

"아아……."

여기저기서 감탄이 새어 나왔다. 특히 추진진의 향수가 그랬다. 박꽃과 월하미인, 빅토리아 연꽃에 초콜릿 플라워와 재스민으로 이어지는 향의 어코드가 환상이었다.

포인트로 들어간 목화는 화룡점정의 정수. 그 환상을 참아 내기에 그녀들의 오감은 무기력했다.

"빛나는 여러분에게 즐거움을 선사해 준 그분, 더구나 아까는 상무위원 사모님의 사고까지 수습해 주셨으니 소개를 드려야 할 것 같습니다. 여러분, 빛나는 향수로 제 결혼식을 빛내 주신 세계적인 조향사 닥터 시그니처십니다."

추진진의 손이 강토를 가리켰다.

짝짝짝.

여자들 손에서 먼저 박수가 터져 나왔다. 체면을 가리지 않는 열광이었다.

"뭐 해? 인사하지 않고?"

루옌이 강토 등을 밀었다. 그제야 강토가 박수 소리에 화답을 했다.

짝짝.

이제는 추진진 커플까지 박수를 보탠다. 박수의 백미는 상무위원 왕커치앙의 것이었다. 어린 신부를 따라 일어선 그도 아낌없는 박수를 보내 왔다.

결혼식이 끝나고 뒤풀이 시간이 되었다. 고급 요리가 나오기 시작했다. 귀빈들의 여자들이 강토에게 모여든 것도 그때였다.

출발은 상하이 당서기장의 아내였다. 강토와 가까운 자리였던 그녀, 와인 건배를 빌미로 자연스럽게 합석을 했다.

"향수, 굉장했어요."

그녀의 첫마디였다.

"감사합니다."

"조부께서 유명하신 화가시라고요?"

그녀가 할아버지를 바라보았다. 할아버지가 예의로 답했다.

"할아버지 부부도 너무 멋지시네요."

그 말에 방 여사의 촉각이 살짝 반응을 했다.

"저희 할아버지, 할머니는 제 영감의 원천이기도 하시죠."

강토가 슬며시 거들었다. 그것은 곧 방 여사를 할머니로 인정한다는 뜻이기도 했다. 시인인 방 여사가 그 어감을 흘려들을 리 없다. 그녀 손에 들린 와인 잔이 가볍게 떨렸다.

"할머니."

강토가 와인 잔을 부딪쳐 왔다. 자연스러운 수습이었다.

"이 향수… 정말이지 기가 막혀요. 나도 이런 향수를 찾고 있었거든요."

상하이 당서기장의 부인이 본론을 향해 달린다.

"감사합니다."

"이건 추진진의 시그니처라니 혹시 제 시그니처를 부탁해도 될까요?"

"얼마든지요. 하지만 예약이 밀려 시간이 조금 걸립니다."

"설마 몇십 년 걸리는 건 아니죠?"

"그럼요. 6개월 정도면 됩니다."

"그럼 상관없어요. 만들어만 주세요."

"연락처를 주시면 순번을 정해 연락을 드리겠습니다."

강토가 말하자 핸드폰 직통 번호가 건네졌다.

그게 시작이었다.

분위기를 살피던 귀빈의 부인들이 다투어 강토 곁으로 몰려들었다. 우쵠페이까지 나서 분위기를 띄웠다. 강토의 스펙을 넌지시 던져 놓은 것이다.

우쵠페이가 두 번이나 완판을 친 강토의 향수. 롤스로이스 신모델의 내부 향수 제작자이자 패션 디자인의 전설 헤이든과 공동 패션쇼를 연 사람. 그 세 가지 팩트만으로도 부인들은 오금이 저렸다. 개중에는 롤스로이스 신모델을 산 사람도 있었으니 그녀의 증언이 모두의 가슴에 불을 댕겼다.

"어쩐지, 그래서 차원이 달랐군요."

부인들은 안달이 났다.

─내 시그니처도 부탁해요.

—나도요.

경쟁적인 요청이 이어졌다.

"봤지요? 저 아이가 내가 기른 손자라오."

할아버지 목에 힘이 들어갔다. 방 여사는 얌전히 고개를 끄덕거렸다. 그녀 역시 강토의 거품 향에 녹아 버린 지 오래였다.

그 열광 사이로 추진진 커플이 다가왔다.

"닥터 시그니처."

추진진이 와인을 권했다.

"모두가 좋아하시니 너무 행복한 거 있죠?"

"두 분 커플이 아름답기 때문이죠."

"그런데……."

그녀가 강토 귀에 대고 뭔가를 속삭였다.

"……?"

강토가 왕커치앙의 자리를 돌아본다. 그들 부부는 자리에 없었다.

"할아버지, 저 잠깐 좀 다녀올게요."

할아버지를 돌아보고 추진진 커플을 따라 걸었다.

"들어가세요."

추진진이 복도 중앙의 문을 열어 주었다. 그 안에 왕커치앙 부부와 추젠화 부부가 있었다.

"그럼……."

강토가 들어서자 추젠화 부부가 자리를 비켜 준다.

"그럼 말씀 나누세요."

탁.

문소리와 함께 추진진도 나갔다.

강토와 왕커치앙, 그리고 샹란만 남았다.

"앉으세요."

왕커치앙이 소파를 권했다. 예의를 갖추고 부부 앞에 착석을 했다.

"아까는 고마웠소."

"별말씀을……."

"흥분을 해서 미안하기도 하고……."

"마음 쓰시지 않아도 됩니다."

"중국어를 잘하시는군. 우리나라에서 유학을 했소?"

"아닙니다. 곽파오 사장님이라고… 어릴 때 그분에게 배웠습니다."

"그러셨군."

"……."

"향수 말이오, 추 회장님 말을 듣자니 대단하더군요. 원래는 향수를 뿌리지 못하던 추진진이었다죠?"

"예."

"그런데 닥터 시그니처께서 그 향수 트러블을 고쳐 주었고."

"크게 어려운 일은 아니었습니다."

"그런가요? 추젠화 회장 말로는 유럽의 내로라하는 조향사들도 못 하던 일이라던데?"

"조향이란 미묘하니까요. 제가 못 하는 일을 다른 조향사가 할 수도 있습니다."

"겸손하시군."

"아닙니다."

"샹란."

왕커치앙이 어린 신부에게 발언권을 넘겼다.

"아까는 감사했어요."

그녀의 답례가 나왔다.

"지금은 어떠신가요?"

"괜찮아요. 기분 같아서는 이 스카프를 벗어 버려도 될 것 같고요."

"일랑일랑만을 좋아하신다면 제가 고쳐 드릴 수 있습니다. 추진진처럼요."

"정말인가요? 저 일랑일랑 좋아는 해요."

샹란이 반색을 했다.

"그렇다면 일랑일랑 시그니처를 가질 수 있으십니다. 약간의 과정이 필요하지만요."

"정말이죠?"

"네."

"좋아요. 저도 일랑일랑 시그니처 만들어 주세요. 하지만 그 전에 묻고 싶은 게 있어요."

"말씀하시죠."

"아까 보니까 당신이 마치 향수 치료사 같았어요. 일랑일랑의 발작을 그렇게 쉽게 가라앉힌 건 당신이 처음이거든요."

"……"

"그래서 혹시나 해서 여쭙는 건데 혹시 향수로 용기 같은 것도 줄 수 있나요?"

용기?

색다른 제안이 나왔다.

"구체적으로 말씀해 주시죠."

"실은 제 여동생이 피아니스트예요. 나름 유망주죠. 그런데 어느 날 갑자기 원인 모를 무대공포증이 생겼어요. 피아니스트의 마지막 인터뷰, 그 영화 아세요? 그 영화의 주인공처럼요."

"무대공포증요?"

"여러 병원을 다녀봤는데 원인을 찾지 못해요. 대부분 과도한 압박감과 부담 때문에 온 스트레스라며 마음을 편하게 가지면 나을 거라는데 아직도……."

샹란의 얼굴에 수심이 진다.

그녀의 여동생은 이제 중학생이었다. 중국에서는 나름 신동에 속하는 음악 준재 그룹이었다. 국가 차원의 장학생에도 이름을 올렸다. 한마디로 전도양양한 유망주.

그런 사람에게 무대공포증이 생겼다. 혼자서 치는 피아노는 기가 막힌데 무대에만 올라가면 몰입이 안 된다. 무기력하고 위축되는 것이다. 시험 삼아 학교 강당을 빌려 시도해도 마찬가지였다. 친구들이라고 해도 수십, 수백 명이 모인 무대만 되면 공포가 엄습하는 상태였다.

동영상이 나온다.

베이징의 경연 대회였다. 피아노 앞에 서기도 전에 주저앉고 만다. 관객들이 기립해 박수로 격려하지만 일어나지 못한다. 한두 번이 아니었다. 어쩌다 피아노 앞에 앉아도 그대로 무너져 버렸다.

"의학적인 문제는 없다고 하셨죠?"

강토가 물었다.

"네."

"그렇다면 제가 한번 해 보겠습니다."

"그래 주세요. 해결만 해주시면 사례는 얼마든지 하겠어요."

무대공포증의 주인공 리잉이 곧바로 상하이로 날아왔다. 샹란의 본가가 베이징인 까닭에 오래 걸리지 않았다. 장소는 추젠화의 저택이었다. 추젠화는 기꺼이 자신의 거실을 내주었다.

"안녕하세요?"

리잉이 강토에게 인사를 했다.

리잉에게서는 비누 냄새가 났다. 굉장히 순한 비누였다.

"피아노를 그렇게 잘 친다고?"

강토가 먼저 말문을 열었다.

"네."

"굉장하다던데?"

"전에는요."

"요즘은 아니야?"

"……."

대답하지 않는다. 눈빛이 시드는 것으로 보아 자신감을 잃은 게 확실했다.

한 번은 실수다.

두 번은 조금 의식이 된다.

그러나 세 번 거듭되면 징크스가 될 수 있다. 리잉의 상태가 그랬다.

"혹시 향수 좋아해?"

강토가 향수 가방을 열었다. 수십 종의 향수 샘플들이 모습을 드러냈다.

"안 좋아해요."

리잉이 고개를 저었다.

"이유가 있어?"

"그냥요. 친구가 있는데 재스민 향수를 좋아하거든요? 그거 뿌리면 마음이 진정된다길래 몇 번 뿌려 보았는데 별로였어요."

재스민 거부.

조금 심각한 단서가 나왔다.

재스민은 진정 작용이 있다. 그게 싫다면 강토의 수 하나가 없어진다. 하지만 실망하지 않았다. 진정 작용은 재스민 향만 있는 게 아니었다.

"그럼 이건 어때?"

스슷.

은은하고 편안한 라벤더부터 시향에 들어갔다.

"별로예요."

"그럼 이건?"

이번에는 시원한 오렌지 향을 쏜다.

"이것도요."

"이건?"

바닐라 향도 출격을 했다. 리잉이 고개를 저었다.

그렇다면?

장미에 시네올을 추가해 시향을 시켰다. 장미 역시 진정 작용이 있다. 시네올과 결합시키면 시너지 작용이 일어난다.

하지만.

"그닥."

리잉의 반응은 변하지 않았다.

"좋아. 그럼 이건 어때?"

치잇.

또 다른 냄새 분자가 뿌려졌다. 조금 전에 선보인 향료들과
는 결이 다른 냄새였다.

"어?"

리잉이 반응을 했다.

츠츳.

한 번 더 분사를 해 주었다.

"이 냄새는 좋은데요?"

리잉의 표정이 펴졌다.

"구체적으로 어때?"

"상쾌하고 에너지가 차는 듯? 기분이 조금 업되는 거 같아
요."

"좋아. 잠깐만."

강토가 다른 향료 병을 열었다. 페퍼민트와 유향이었다. 그
것들을 미량 섞은 다음,

츠츳.

다시 향수를 뿌렸다.

"이게 더 좋아요."

리잉의 몸에 동작이 들어갔다. 저절로 움직이는 것이다. 옆
에서 지켜보던 샹란의 표정도 덩달아 밝아졌다.

"혹시 운동 좋아하는 거 있어?"

"아뇨."

"알았어."

질문은 여기까지로 마감을 했다.

"동생분……."

샹란을 바라보며 강토가 말을 이었다.

"약간의 과정을 거치면 무대공포증을 없앨 수 있을 것 같습니다."

"어떻게요?"

샹란이 고개를 빼들었다.

그 길로 체육관으로 향했다. 추젠화가 동행을 했다. 농구장이었다. 중학생들의 농구 게임 결승전이 열리기 직전이었다. 추젠화와 함께 농구 협회 임원을 만났다. 특별한 부탁을 했다. 우승 팀의 유니폼 안에 받쳐 입는 상의 이너 웨어를 요청한 것이다. 거액의 지원금을 약속하자 감독들도 흔쾌히 수락을 했다.

2시간 후에 강토는 우승 팀의 이너 웨어를 손에 넣었다. 우승 직후 환호하는 학생들에게 받은 것이다. 다음은 실험실이었다. 이 또한 추젠화의 주선이었다. 강토가 요청한 알코올도 넉넉하게 준비가 되었다. 그것으로 이너 웨어를 세척하자 향 분자를 얻을 수 있었다. 진하지 않지만 상쾌하고 에너지가 넘치는 향이었다. 그 향을 베이스로 하고 페퍼민트와 용연향으로 마무리를 하자 기분이 업그레이드되며 활력이 느껴졌다.

'흐음…….'

스케치된 향을 몇 개로 나누어 다양한 조향에 돌입했다. 활력의 향 페르시콜도 넣어보고 멘톨과 유향도 떨어뜨렸다. 마지막 비커에는 비밀스러운 한 수를 더했다. 바로 중국의 향 샹차이였다. 그 또한 진정 작용을 갖는 향이다. 더불어 활력에도 관여한다.

기본 스케치를 두고 1시간을 기다렸다.

그런 다음에 최종 조향에 들어갔다.

톱 노트에 페퍼민트를 세우고 하트 노트로는 우승 팀의 땀과 페르시콜, 베이스 노트로 유향과 용연향을 배치했다.

「활력과 자신감, 그리고 몰입」.

상하이에서 만든 즉석 향수였다.

스슷.

아직 날것이지만 리잉에게 시향을 했다. 이 향수는 향보다 기능이 중요하기 때문이었다.

"어때?"

강토가 묻자,

"으음……."

"……."

"기분 좋은데요?"

리잉이 답했다.

"연주할 수 있겠어?"

이번에는 샹란이 물었다.

"지금 같아서는."

"한번 해 볼래? 닥터 시그니처의 향수 마법이래. 네 무대공
포증은 이미 날아간 것과 같아."

샹란이 달래자 리잉이 강토를 바라보았다.

"언니 말이 맞아. 향수는 넉넉하고."

강토는 향수병을 흔들며 화답했다.

"……."

"리잉."

샹란이 동생을 바라본다.

"알았어. 해 볼게."

리잉의 답이 떨어졌다.

추젠화는 과연 상하이의 거물이었다. 전화 한 통만으로 바
로 연주회장을 섭외했다. 야간 행사가 열리는 이벤트장에 리
잉을 끼워 넣은 것이다. 식전 행사로 벌이는 서비스 연주였으
므로 불발이 되더라도 큰 문제가 되지 않는 곳이었다.

"어서 오세요."

이벤트장에서의 대우도 각별했다. 추젠화가 전화를 걸어 준
것이다. 샹란이 리잉을 데리고 앞서고 강토는 그 뒤에 걸었다.

"……?"

대기실 커튼 틈으로 이벤트장을 내다본 리잉의 얼굴이 굳
었다. 강토가 보인다. 피아노를 살피고 있다. 생각보다 큰 무
대였다. 빈 의자들이 많다지만 적어도 500명은 온 것 같았다.

시선이 무대로 가자 공포가 밀려들기 시작했다.

"오늘 특별 연주로는 피아노의 유망주 리잉의 연주를 소개합니다."

무대에 리잉이 소개되었다.

"언니."

샹란을 바라본다. 그 눈에는 이미 공포가 가득 내려와 있었다.

스슷.

대기실로 돌아온 강토가 향수를 뿌렸다. 리잉의 목덜미와 어깨, 손목, 심지어는 머리카락에도 뿌렸다. 리잉의 피아노곡은 약 10분짜리. 그 타이밍에 맞게 세팅을 했다.

"맡아 봐."

강토가 그녀의 손목을 들어 보였다.

"냄새 나지?"

"네."

"머리카락도?"

"네."

"이 향수는 리잉이 연주 끝낼 때까지 안 없어져. 네 실드가 되어 너를 지켜 줄 거야."

"……"

"숨 깊게."

"후읍."

"리잉, 쩌야요."

샹란이 파아팅을 외치며 주먹을 쥐어 보였다.

리잉은 숨을 고르고 발을 내디뎠다.

"아, 제발……."

샹란이 두 손을 모은다. 그사이에 리잉이 피아노 앞에 닿았다. 관객들에게 인사를 하고 겨우 의자에 앉았다. 무대공포증과 향수의 자신감, 두 가지가 팽팽하게 충돌할 때였다. 순간 리잉이 짚은 의자 바닥에서 향수가 물씬 올라왔다. 강토의 작품이었다. 아까 서성이면서 향수를 세팅한 것이다. 그게 결정적이었다. 공포와 자신감 사이에서 줄다리기를 하던 마음이 후자로 넘어간 것이다.

리잉의 마음이 안정되었다.

손이 건반으로 올라가더니.

다라라라랑.

마침내 연주가 시작되었다.

"닥터 시그니처."

그걸 본 샹란이 강토를 돌아보았다.

"고맙습니다."

권력자의 어린 아내가 강토에게 고개를 숙였다. 형식적인 것도 아니고 진심을 다한 인사였다. 그사이에 리잉의 연주가 절정을 향해 치닫는다. 그녀와 하나가 되는 향수가 느껴졌다.

닥터 시그니처.

리잉의 연주와 함께 그 위상도 업그레이드되고 있었다.

＊　　　＊　　　＊

콰악.

왕커치앙의 손에 힘이 가득 실렸다. 악수를 받는 강토 손이
아플 지경이었다.

"고맙소."

그의 표정은 더없이 환했다. 미리 준비한 듯 작은 꾸러미를
내밀었다. 위안화 냄새가 났다. 100위안짜리로 500장이니 5만
위안, 한화로 치면 800여만 원을 조금 넘었다.

"내 성의라오."

"죄송합니다. 이 성의는 받지 못합니다."

강토가 꾸러미를 다시 밀었다.

"적어서 그렇소?"

"아닙니다."

"그럼?"

"제가 여기 온 건 추진진의 결혼 때문이지만 추 회장님께서
저희 조부님의 개인전을 열어 준 까닭도 있습니다. 듣자니 위
원님은 추 회장님과 각별하시다는데 이만한 일로 이런 걸 받
을 수 없습니다. 리앙의 무대공포증을 없애 준 건 제게도 좋
은 공부가 되었으니 두 분의 친분에 기여한 기쁨만으로도 충

분합니다."

강토의 이유는 정중했다.

800여만 원.

적은 돈은 아니었다. 그러나 이런 돈은 받지 않는 게 좋았다. 추 회장의 체면을 봐서라도 그랬고 더 큰 것을 위해서도 그랬다. 중국의 2인자로 꼽히는 왕커치앙. 그에게는 받는 것보다 사양하는 게 더 기억에 남을 수 있었다.

"나아가 저도 한때 좌절을 겪은 적이 있습니다. 조향도 일종의 예술에 속하니 리앙의 고통을 백번 이해합니다."

"허어, 세계적인 조향사라더니 젊은 분의 그릇이 보통이 아니군요?"

왕커치앙의 추젠화를 바라보았다. 동석한 추젠화는 빙그레 웃을 뿐 가타부타 끼어들지 않았다.

"이것 참… 이러면 우리 샹란이 서운해할지도 모르는데?"

"사모님의 시그니처에서는 향수에 어울리는 대금을 받을 것이니 염려치 마시기 바랍니다."

"그래요. 그나저나 아직 우리 중국 시장에 정식 진출은 하지 않았다고요?"

"예."

"추 회장은 뭘 하셨소? 이렇게 기막힌 향수를 수입하지 않고?"

왕커치앙이 추젠화에게 말했다.

"정식 수입은 안 들어왔지만 결혼식을 진행한 우췬페이가 소량 가져다 두 번이나 완판을 쳤습니다. 저도 윤 화백의 그림만큼이나 욕심이 나지만 조부나 손자나 그 작품의 수량이 워낙 한정적이라……."

"그렇군요. 아무튼 중국 일로 애로가 생기면 언제든 연락하시오. 힘 닿는 데까지는 돕겠소."

왕커치앙이 강토를 바라보았다. 그 치하가 따뜻하니 800만 원과 댈 것이 아니었다.

"고맙습니다."

어린 리앙의 인사도 정중했다.

"제 시그니처 잊지 마세요."

샹란 역시 행복해 보였다.

리앙은 남은 향수 몇 병을 보물처럼 품었다. 그 정도라면 그녀가 무대공포증을 탈출하기에 충분한 양이었다. 상무위원 왕커치앙와 샹란, 그 여동생은 그렇게 떠나갔다. 상하이의 늦은 밤이었다.

"닥터 시그니처."

왕커치앙을 배웅한 후에 추젠화의 감사가 이어졌다.

"내 오늘 일을 잊지 않겠소."

"아닙니다."

"아니긴요, 상무위원님과 내가 친분이 두텁지만 저렇게 좋아하시는 건 본 적이 드뭅니다. 아내를 끔찍이도 사랑하시거든요."

"그러신 것 같네요."

"샹란의 향수도 잘 부탁드립니다."

"걱정마세요."

"아, 잠깐요."

대화하는 사이에 전화가 들어왔다. 추진진이었다. 허니문을
위해 공항으로 간 그녀, 역시 샹란의 일이 궁금한 모양이었다.

"좀 바꿔 달라는군요."

추젠화가 전화를 넘겨 주었다.

"여보세요?"

—닥터 시그니처.

"공항이신가요?"

—네, 출발 20분 정도 남았어요. 상무위원님의 고민을 풀어
드렸다면서요?

"추 회장님이 이것저것 지원해 주신 덕분입니다."

—그럴 리가요. 아무튼 너무 고마워요. 두루두루.

"신혼여행이나 잘 다녀오세요."

—그럴게요. 돌아와서 숨 좀 돌리면 우췬페이와 함께 찾아
갈게요. 우리 그이도 닥터 시그니처의 향이 너무 좋다고 난리
인 거 있죠?

"좋은 경험, 좋은 분들 만날 기회를 주서서 고맙고요, 한국
으로 돌아가서 기다리고 있겠습니다."

—알겠어요. 편히 쉬었다 가세요.

추진진이 전화를 끊었다. 강토도 인사를 마무리하고 추젠화 회장의 저택에서 나왔다. 회장이 호텔까지의 배웅을 지시했지만 사양했다.

늦은 밤의 상하이는 야경이 화려했다. 그 불빛들이 형형색색의 거품 향처럼 보였다.

추진진의 결혼식장에서 맡은 일랑일랑의 거품 향수 이미지가 너무 강했던 걸까? 문득 메리언이 그리워졌다.

"메리언."

그녀에게 전화를 걸었다.

—닥터 시그니처.

키스 소리가 먼저 날아온다.

—결혼 이벤트는 잘 치렀어요?

"메리언 덕분에요."

—좀 지치죠?

"어떻게 알았어요?"

—행사라는 게 그렇잖아요. 끝날 때까지는 숨도 못 쉬도록 열중하지만 끝나면 살짝 허무해지는 것.

"다음을 위해 비워 내는 거겠죠."

—그 말 멋지네요. 다음을 위해 비우자.

메리언이 화답한다.

시트론에 레몬, 버베나가 섞이면 향의 옥타브가 올라가듯

둘의 케미는 척척이었다.

결혼.

그 단어가 가까워진 건 거품 향 때문인 것 같았다. 할아버지와 방 시인의 분위기도 한몫을 했겠지.

뭐가 되었든 오늘은 아름다운 밤이었다.

다음 날 아침, 우췬페이의 방문을 받았다.

그녀는 계약서부터 내밀었다.

"뭐죠?"

"추진진의 향수 있잖아요, 다른 사람이 찜하기 전에 그것부터 사인해 주세요. 추진진의 결혼식 분위기까지 덧붙이면 병당 500만 원은 문제없을 거예요."

"우췬페이?"

"독점을 하자는 게 아니에요. 딱 1,000 세트만 주세요. 그리고 어제 참석한 귀빈들 중에 베이징과 상하이 최고급 백화점을 하시는 분들이 있는데 닥터 시그니처의 향수에 대한 평이 좋더라고요. 일부는 그 매장에 거품 향 오더를 낼 테고 일부는 향수 입점을 요청할 거예요. 물론 명품 매장 중에서도 최고의 매대를 비워 놓고 말이죠."

"그래요?"

"그러니 더 바빠지기 전에 제 물량부터 만들어 주세요. SNS에 올렸더니 난리가 났어요."

"그러죠. 마침 농장과 하우스도 확장을 했거든요."

"그리고 이건 사적인 계약서예요. 제 결혼식 때도 저희 커플 시그니처 만들어 주신다는……."

"남자가 있었군요?"

"아뇨. 이제부터 찾아보려고요."

"시그니처 때문에요?"

강토가 물었다. 거기에 대한 우췬페이의 답이 걸작이었다.

"네. 한 백 번 결혼할 생각이에요. 그럼 시그니처 100개가 생기지 않겠어요?"

*   *   *

"저도 결혼하고 시포요."

동영상을 본 이린이 귀요미 소리를 냈다. 새로 온 재은도 그런 모양이었다. 추진진의 결혼식은 모든 여자들의 로망일 수 있었다. 특히 거품 향과 함께 건네진 특별한 시그니처 향수 답례품. 거기에 팍, 꽂혀 버리는 멤버들이었다.

"대표님."

잠자코 있던 상미가 운을 떼고 나왔다.

"응?"

"나 결혼할 때 저 거품 향수 해 줄 수 있어?"

"문제없지."

"약속한 거다."

"그래. 남자만 데려와라."

"실은……"

"뭐야? 그 눈빛은?"

"나 사귀는 남자 있어."

농담으로 시작한 상미, 이제 보니 장난이 아니었다.

"어? 혹시 우리 고객 중에?"

강토가 기억을 소환했다. 몇 번인가 본 적이 있었다. 상담
하는 모습이 유난히 정다워 보이던 그 남자……

"봤어?"

"그래. 아쿠아마린 시그니처 만들어 가는 남자, 맞지?"

"옴마야, 귀신……"

상미가 질린 표정을 지었다.

"진도 많이 나갔구나?"

"실은……"

잠시 주변 눈치를 살피던 상미가 뒷말을 이었다.

"청첩장 찍었어. 줄 눈치만 살피고 있었는데 마침 말이 나와
서……"

"아, 뭐야? 실장님, 그럴 수가 있어요? 우리한테 소개도 안
시키고?"

이린이 펄쩍 뛰었다.

"야아, 시키려고 그랬다니까. 그런데 너도 알다시피 시간
이 있었냐? 대표님은 맨날 바빴잖아? 밀라노에 하우스 확장

에 상하이에… 게다가 자백 좀 하려고 하면 고객들 예약이 빼곡…….."

상미가 울상을 지었다.

"말도 안 돼요. 이거 무효예요, 무효."

"아아, 좀 봐주라. 대신 내가 찐하게 한턱 쏠게."

"실장님이 왜 쏴요? 그분이 쏴야죠."

"이린이 너……."

수세에 몰리던 상미가 눈을 부릅 떴다.

"대표님, 이거 실장님이 팻대 올려도 되는 상황이에요?"

이린이 강토를 끌어들였다.

"절대 아니지. 나 빈정 상해서 거품 향 취소……."

강토가 배짱을 튕겼다.

"안 돼. 해 준다고 했잖아?"

상미가 강토 소매를 잡고 늘어진다.

"뭐, 그럼 그분이 하는 거 봐서……."

"알았어. 내가 뭐든지 쏘라고 할게. 원한다면 별 세 개 미쉐린 무한 흡식도 괜찮아. 그 정도 능력은 되거든."

"됐고, 청첩장 찍었으면 허니문 계획도 다 짰겠네?"

"응, 간단하게 몰디브로 가기로 했어."

"몰디브?"

"응."

"그럼 최소한 열흘 코스네?"

"웅, 그것도 대표님이 허락해 줘야 해."

"가만, 우리 할아버지도 예멘 가자고 난리신데 몰디브면 그 앞바다잖아?"

"좀 멀기는 하지만 지도상으로는 그렇지?"

"이런."

강토가 이린을 바라보았다.

"네, 대표님."

"배 실장이 없으면 상담하고 매장 관리에 애로가 있지?"

"아무래도 그렇죠? 실장님 지명도가 워낙……."

"그럼 배 실장 허니문 기간 동안 매장 문 닫아."

강토, 폭탄선언을 해 버렸다.

"네?"

"가의도 권 실장에게 연락해. 새해 연초 2주 동안 우리 멤버들 향수 발상지 자유 해외여행이라고. 그라스를 가도 좋고 피렌체를 가도 좋고. 가서 향수의 영감을 마음껏 느끼고 오라고. 나는 할아버지 모시고 소코트라 섬으로 갈 거니까."

"네?"

"비행기표부터 호텔까지 비용은 전부 경비 처리. 옵션은 없음."

"대표님, 그럼 나는?"

상미 눈이 휘둥그레졌다.

"어허, 지상에서 가장 아름다운 향수가 허니문인데 그거 만들러 가면서 웬 질투? 그동안 앞만 보고 달려왔으니 영국 여왕님 향수 마무리하고 다 떠난다."

"안 돼. 나도 향수 발상지 가고 싶어."

"그럼 스리랑카 들르면 되잖아. 거기도 향수로 유명한 데다 몰디브에서 가까우니까."

강토가 선을 긋자 상미가 귀여운 발악을 했다.

"나 결혼식 미룰래. 나도 그라스 찍고 모로코, 터키, 소코트라까지 원샷으로 돌고 싶다고."

*　　　　　*　　　　　*

장미.

어쩌면 여자를 위한 향수는.

장미로부터 출발한 건지도 몰랐다.

그렇기에 조향사라면 그 누구도.

장미에서 자유로울 수 없었다.

강토도 마찬가지였다. 조향 오르간을 바라보면 장미 향료들이 보인다. 한두 가지가 아니다. 특별하다고 생각되는 장미 향료는 거의 다 사들였다. 가의도에서 추출한 장미 향도 있고 심지어는 마당의 장미 향도 가지고 있다.

그러나 장미는.

특별한 장미 향의 확보가 필수적인 건 아니었다. 특별한 조향사라면 그걸 뛰어넘어야 한다. 다른 조향사의 장미와 완전하게 다른 시각. 즉 자기만의 장미 향을 창조해야 하는 것이다. 피카소 그림 속의 사람과 르누아르의 사람이 다르듯이.

조향사는 향수의 신이다.

신에게는 자기만의 세계가 필요하다.

여왕의 향수를 최종 점검했다. 강토가 이룬 또 하나의 장미 세계가 거기 있었다. 츠바사는, 장미만으로 다채로운 향수를 만들어 냈다. 여왕의 향수에서 창조한 건 얼린 장미의 세계였다. 장미에 대한 또 다른 해석은 쉬우면서도 어렵다. 완전하게 새로운 향수란, 식물이나 동물의 한 종을 새로 만드는 것처럼 지난한 일이기 때문이었다.

음악 용어를 떠올린다.

「피아니시모」

여왕의 향수가 보여주는 느낌이었다.

아주 여리다.

「소토」

그런 느낌도 있다.

속삭이듯이…….

다소곳한 장미.

장미 향의 매력을 배꽃 향으로 품어 버린, 청아하고 시원한 배꽃향 안에서 재잘재잘 속삭이는…….

반면 레이어링을 위한 향수는.

장미의 일종에서 얻은 고귀한 살구 향에 페르시콜의 리듬감을 변조제로 올려.

「레지에로」.

경쾌하게.

「아니마토」.

활기차게.

둘을 위아래로 뿌리면 아래쪽 생명의 환희가 은은한 위쪽을 향해 번져 나가는 아름다운 동화가 펼쳐진다.

그러면서도 장미라는 명제를 놓지 않는 여왕의 향수.

두 개의 향수를 각각 두 병씩 꺼냈다.

「얼린 장미+장미에서 얻은 살구 향」

「장미에서 얻은 살구 향+얼린 장미」

병의 차례는 조금 다르게 들어갔다. 전자의 것에는 여왕의 이름을 썼고 후자에는 공주의 이름을 썼다. 한지와 색동 보자기 등으로 포장하고 마무리를 했다.

"이린."

"네, 대표님."

호출을 받은 이린이 조향실로 들어왔다.

"비행기표 예약은?"

"다 마쳤습니다. 배 실장님 것까지요."

"이린은 어디로 가? 물어봐도 될까?"

"비밀입니다."

"오, 최고의 목적지인데?"

"죄송합니다."

"아니야. 스케줄에 참견하려는 건 아니니까. 이거 국제 발송 좀 부탁해."

강토가 두 향수 상자를 가리켰다.

"영국 여왕님의 향수로군요?"

"이린 생각은 어떨까? 먹힐 것 같아?"

"제게 묻는다면 언제나 예스죠."

이린이 얼굴을 붉혔다.

"새 멤버들이 오니 어때?"

"아는 것도 없는데 선배 노릇을 하려니 힘듭니다."

"그래서 조금 더 커지는 것 같지 않아? 질문이 나오면 공부도 하게 되고 대비도 하게 되니까."

"그렇기는 해요."

"여기서는 이린이 중간이니까 향수의 조화제 같은 역할을 해 줘야 해. 새 멤버들이 잘 적응하도록 잘 부탁해."

"능력은 없지만 열심히 하겠습니다."

"향수 여행 잘 다녀오고."

"네, 대표님. 멋진 기회를 주셔서 너무 고맙습니다."

이린의 눈망울, 시나몬에 들어간 페퍼처럼 시선이 또렷해진다. 후배들이 들어오니 훌쩍 커 보이는 이린…….

'부탁해.'

강토는 여왕에게 가는 향수에 비원을 실었다. 부디 버킹엄의 여심을 휘어잡기를.

제4장

—

소코트라에서 영감을

"와아아."

새해 첫 일요일에 치른 상미의 결혼식은 대박이었다. 신부와 신랑도 멋졌지만 분위기는 강토의 거품 향수가 장악했다. 상미가 원한 건 아이리스 향이었다. 강토의 상징과도 같으니 그걸 원한 것이다. 그 마음 모를 리 없는 강토, 아이리스에 바이올렛과 목화꽃을 매칭시켰다. 파우더리한 순결, 그걸 구현한 것이다.

배상미.

한때는 듣보잡에 조향과는 도무지 어울리지 않았던 후약의 그녀. 그러나 결혼식장의 위용은 달랐다. 향수 메이크업과 향수 평론에 매진하면서 틈틈이 두 권의 책까지 냈다. 처음에는 강토의 후광으로 부각되었지만 이제는 어엿한 전문가 반열이었다. 그렇기에 아네모네도, 제이미와 주디 등도 다투어 신상 카피를 부탁할 정도였다.

서나연 기자에 의해 국내에 소개된 상하이 추진진 결혼식의 거품 향수. 한 번 더 진화를 했다. 이제는 오색의 거품만이 아니라 무지개처럼 떠오르는 거품이었다. 에멀전에 에어 장치를 접목함으로써 더 아름다운 판타지를 구현한 것이다. 거품 향은 특허 신청까지 들어가 있다. 상미의 고집이자 제안이었다.

거품 향이 피어오르는 길을 상미가 걸었다.

하객들도 엄청났다. 강토의 고객은 죄다 상미와 친분이 있었다. 그러니 손윤희를 비롯해 방송가의 연예인만 200명이 넘을 정도였다.

"빅 스타 결혼에 못지않은데?"

손윤희의 말이었다.

"고마워요, 대표님."

그날 처음, 상미의 존댓말을 듣는 강토였다.

조향의 숲에서 길을 잃었던 상미. 그런 그녀에게 손을 내밀었던 강토. 오래전 운명에 이끌려 그라스를 찾았던 날처럼, 너무 잘한 일이라는 생각이 들었다.

"실장님, 잘 다녀오세요. 우리도 내일 저녁에 떠나요."

축하 선물을 안겨 주며 이린이 말했다. 선물은 모두 향수였다. 강토의 제의였다. 느닷없는 향수 탐방을 위해 예약 스케줄 조절을 하느라 진땀을 뺀 그녀였다. 그 위로에 더불어 블랑쉬 하우스의 전통을 만들고 싶었다. 멤버가 결혼할 때 각자 향수를 만들어 선물하는 거였다.

강토도 한 작품 끼었다.

미모사와 메이로즈, 바이올렛으로 향조를 맞췄다. 향의 주제는 씩씩하다. 열정 하나로 오늘을 이룬 상미를 대변하는 향이었다. 그 뚝심의 기둥인 씩씩함이 오래오래 지속되기를 바랐다.

*   *   *

"오늘 밤, 잠이 오지 않을 것 같아요."

상미 결혼식에 다녀온 날 저녁 시간, 방 시인은 설레는 마음을 감추지 못했다. 소코트라 여행은 내일로 박두했다. 더불어 오늘 본 상미의 결혼식도 영향을 미친 것 같았다.

신부가 된다는 것.

그건 나이를 초월하는 설렘이 분명했다.

그녀가 여러 가지 밑반찬을 꺼내 놓았다.

"후배들 말 들으니 외국 가면 입맛이 안 맞는 경우가 많다고… 그러니 토종 음식 미리 많이 먹고 가자고요."

강토에게도 듬뿍 권한다. 시를 써서가 아니라 시처럼 아름다운 마음을 지닌 사람이었다.

"어허, 나는 괜찮대도요. 강토와 나는 거기가 고향이거든요."

할아버지는 좀 뻣뻣하다. 그냥 '고마워' 하고 먹어 주면 될 것을.

"너까지 간다고 하니 하산이 난리가 났더라. 엘라도 목을 빼고 기다린대."

그러면서도 더 들뜬 건 할아버지였다.

그렇게 생각하면 강토가 무심했다.

이제는 연 수백억의 매출을 올리는 향수 전문가. 진작 한번 보내 드릴걸 하는 생각이 들었다.

"하지만 다들 좀 걱정을 해요. 예멘은 위험한 곳이라고……"

방 시인 의견이 나왔다.

"위험하죠. 우리 방 시인님처럼 우아한 여자에게는."

"윤 화백님."

"하지만 걱정 말아요. 이 윤종범이 그림 말고 잘하는 게 뭔지 압니까? 바로 친화력이죠. 제가 가면 공항에서부터 지인들이 미어터질 겁니다."

"닥터 시그니처?"

방 시인이 강토 인증을 구한다.

"반은 맞고 반은 틀리죠."

"엥? 얀마, 무슨 말을 그렇게 추상적으로 하냐?"

할아버지의 반론이 나왔다.

"할아버지가 아는 사람은 할아버지를 모르고, 할아버지가 모르는 사람은 할아버지를 알고. 그러니까 반 아닌가요?"

"표현 완전 재미나다."

방 시인이 아이처럼 웃었다.

"그런데 아무래도 제가 방해되는 거 아닐까요?"

강토가 슬쩍 분위기를 체크한다.

"아, 아니야. 나는 대환영, 젊은 가이드가 있으면 얼마나 든든한데."

방 시인이 손을 저었다.

"어허, 또 저러시네. 예멘의 가이드는 나예요. 소코트라는 더욱 그렇고."

"그나저나 우리 닥터 시그니처는 괜히 우리 때문에 가는 거 아니야? 중국에서 받은 예약만 해도 굉장할 텐데……."

방 시인이 물었다.

"어, 전에 저한테 시인들 얘기할 때 그러셨잖아요? 창작이란 비워 내는 게 채우는 거라고."

"진짜 괜찮은 거야?"

"그럼요. 재충전이잖아요?"

"그건 공감."

"그럼 식사하세요. 저는 마무리할 게 있어서요."

토닥거리는 할아버지와 방 시인을 두고 다락방으로 올라갔다.

작은 향수 오르간 앞에는 여러 스케치들이 놓여 있었다. 상무위원의 어린 신부 샹란의 시그니처도 있고 다른 귀빈 사모님들의 시그니처도 있다.

그 한편으로는 신작 스케치가 즐비하다. 그중에서 첫눈 향수를 그리고 있는 비커를 집어 들고 향을 맡았다.

첫눈 향수.

여왕의 장미를 얼리다 생각한 거였다. 인위적으로 얼리지 말고 첫눈까지 방치한 후에 향만을 거두면 어떻게 될까? 겨울에 피는 매화는 그 향이 추위를 뚫고 나간다. 얼음 향이 살짝 깃든 매력은 조향사를 사로잡기에 충분하다.

이런 감성은 사계절이 있는 나라의 조향사들에게 내린 축복이었다. 그렇기에 여러 가지 꽃을 첫눈까지 방치하도록 했다. 그 향이 가의도에서 오기 무섭게 새로운 향조 창조에 들어간 것이다.

또 다른 것은 달빛이었다.

달빛.

피렌체에서 돌아온 이후, 거의 날마다 스케치에 스케치를 거듭한 강토였다. 하지만 아직도 만족스러운 향을 건지지 못했다.

추진진의 향수에는 달빛 분위기를 얹었다. 그걸 살짝 변형할 수도 있었다. 하지만 강토가 꿈꾸는 궁극은 분위기가 아니라 달빛 향을 담아 내는 향수였다.

테스트 향에는 다양 다종한 꽃의 향이 들어 있다. 은매화와 빅토리아 연꽃을 시작으로 배꽃과 장미, 재스민과 박꽃, 목화 등으로 다양했다. 달빛을 닮은 향을 전부 동원해 조향에 돌입한 것이다.

그들 중 일부는 얼려서 얻은 향이었고, 또 일부는 가의도 작은 폭포 아래 맑은 소(沼)의 달빛을 통해 숙성시킨 향료이기도 했다.

피렌체에서 얻었던 달빛 영감.

잡힐 듯하면서도 내 것이 되지 않았다.

향을 크로스로 섞어 보고, 역순으로도 실험했다. 보류제와 변조제, 조화제도 매번 가미를 했다. 그래도 그 영감에 딱 들어맞는 향은 나오지 않았다.

지금 익어 가는 향들은 어떨까?

두어 개는 기대할 만했다.

신작 스케치 중에는 푸른 바다 해변의 향수도 들어 있다. 해외로 날아가 푸른 바다 앞에 섰을 때 작렬하는 해변과 따뜻한 모래 냄새, 당장이라도 누워 버리고 싶은 그 해방감의 향수.

하나하나 체크를 한다.

아직은 날것의 느낌들이 강하다. 하지만 소코트라에서 돌아올 때쯤이면 날것의 느낌은 멀어지고 맛난 향으로 익어 있을 것 같았다.

'엘라……'

노트북 파일을 열어 하산 촌장의 딸 사진을 소환했다. 까무잡잡한 피부의 소녀가 소박하게 웃는다. 눈망울이 바다 같은 아이, 강토를 잘 따르던 이 아이는 또 어떻게 변했을까?

*   *   *

"공항에서 봬요."

다음 날 아침, 강토가 먼저 집을 나섰다. 비행 편은 야간 출발이었다.

"그래. 이따가 보자."

할아버지가 문 앞까지 나왔다. 백전노장인 할아버지도 설렌다. 아닌 척하지만 기상 시간이 말해 주고 있었다. 다른 날보다 두 시간은 일찍 일어난 것이다.

"어?"

하우스에 도착하니 반가운 얼굴이 보였다. 대한 콤마의 조양구 사장이었다.

"사장님?"

차에서 내린 강토가 그를 불렀다.

"닥터 시그니처?"

"이렇게 일찍부터 웬일이세요?"

"아, 그게… 좀 상의드릴 말이 있어서요."

"저한테요?"

"네."

"그럼 어제 결혼식장에서 말씀하시지 그랬어요?"

강토가 웃었다. 조 사장도 상미 결혼식에 참석을 했다. 그러고 보니 강토를 보면서 머뭇거리던 느낌이 있었다.

"거기서 말씀드리기는 좀… 그런데 오늘 하우스 멤버들 전체가 향수 해외 탐방을 간다고 하는 것 같아서……."

"맞아요. 오늘부터 열흘 정도 재충전을 좀 하려고요."

"좋네요."

"저희 향수 제작 문제인가요?"

"뭐 그렇기도 하고요."

"일단 들어가시죠."

강토가 대문을 가리켰다.

*　　　　*　　　　*

"드세요."

강토가 차를 내주었다. 멤버들이 아직 출근하기 전이었다.

"차는 됐고요, 실은……."

조 사장의 표정은 어두웠다. 뭔지 모르지만 좋은 일은 아닌 것 같았다.

강토의 예감은 제대로 맞았다.

"실은 우리 회사가 부도 직전입니다."

충격적인 선언이 나왔다.

"부도라고요?"

"예, 금요일 오후에 중국 OEM 위탁을 하던 큰 화장품 회사가 최종 부도가 나 버렸습니다. 코로나 이후로 중국의 한한령이 풀리면서 공격적인 마케팅을 하던 회사인데 사장님의 SNS가 문제가 된 모양입니다. 심정적으로 대만을 지지하는 내용이라는데 중국의 인플루언서들을 중심으로 반감이 형성되면서 매장마다 퇴출 운동이 일어났답니다."

"저런."

"결국 불똥이 우리 회사로 튀었습니다. 거기서 밀린 대금을 못 받게 되었으니 우리도 어렵게 되었거든요."

"우리 제품 생산도 안 되는 건가요?"

"아마……."

"맙소사, 그 향수들 발송 기한이 코앞인데……."

"죄송합니다. 저희도 코로나 겪으면서 자금 사정이 워낙 빡빡하다 보니……."

"아닙니다. 사장님을 탓하는 게 아니라… 그럼 어떻게 해야 하나요?"

"그래서 제가 왔습니다. 저희 회사, 작지만 나름 알차거든요. 제가 청춘을 다 바쳐 키운 곳이라서요."

"그건 잘 알고 있어요."

"그래서 드리는 말씀인데……."

조 사장이 서류 가방을 열었다. 서류 뭉치와 USB 두 개를 꺼내 놓는다.

"우리 회사 관련 서류입니다. 미안하지만 닥터 시그니처께서 우리 회사를 인수하시면 안 되겠습니까?"

"네?"

"당장 돌아오는 만기 대출금이 20억 정도 됩니다. 이것만 갚으면 회사는 정상화됩니다. 작은 기업이지만 20억 가치는 있다고 생각합니다. 하지만 채권단에 넘어가면 헐값으로 팔리겠지요. 공중분해 될 수도 있고요."

"사장님."

"닥터 시그니처가 어리지만 향수만큼은 제가 잘 알고 있습니다. 어느 것 하나 소홀한 점이 없죠. 많은 곳의 위탁 생산을 해왔지만 닥터 시그니처의 향수를 맡을 때가 가장 행복했습니다."

"……."

"부탁드립니다. 지금 있는 사원들도 다 성실합니다. 닥터 시그니처의 향수는 해마다 증가 일로에 있으니 수삼 년 안에 우리 대한 콤마의 시설을 독점할 수도 있다고 봅니다. 그때를 대비하면 나쁜 투자는 아닐 것으로 봅니다."

"사장님."

"저 하나 믿고 달려온 직원들입니다. 그러니……."

조 사장이 고개를 숙였다.

"……."

강토는 잠시 황망했다.

대한 콤마.

굉장히 알찬 기업이었다. 그렇기에 욕심이 나기도 했었다. 그러나 입 밖에 낼 수 없었다. 늘 신세를 지는 마당에 실례가 될 것 같기 때문이었다.

그런데.

그 기업에도 이런 문제가 있었다. 잘 돌아가던 톱니 하나가 멈춘 것이다. 그로 인해 다른 톱니들도 멈출 위기가 찾아왔다.

하긴.

향수도 그랬다.

기가 막힌 어코드를 이룬 향료라고 해도 다른 한 방울이 더 들어가면 끝장이 난다.

"그러니까 20억이면 대한 콤마의 문제를 해결할 수 있다는 거로군요?"

"그렇습니다. 당장 현금이 없다면 닥터 시그니처의 인수를 조건으로 은행 대출을 받아도 될 것으로 봅니다."

"사장님."

"예?"

"이 사태 후로 저를 처음으로 찾아온 건가요?"

"그렇습니다."

"사장님 능력으로는 안 되는 건가요? 제가 보기에도 괜찮은 회사… 죄송하지만 그렇다면 그동안 세이브해 둔 자금이 있을 것 아닙니까?"

강토가 물었다. 이건 정상적인 의문이었다. 대한 콤마는 괜찮은 기술력을 가진 회사였다. 20억이 적은 돈은 아니지만 그 정도 막을 능력은 있어야 했다.

"그게……"

한숨 뒤에 이유가 나왔다. 조 사장은 기술자 출신이었다. 기술에 욕심이 많았다. 그렇기에 버는 족족 설비 투자에 진력했다. 덕분에 사는 집도 전세였다. 집 살 돈조차 회사에 투자를 한 것이다. 강토를 속이는 건 아니었다. 그의 체취에는 위선이나 기만의 느낌이 거의 없었다.

20억.

강토에게 그만한 여유는 있었다.

그러나 OEM이 아니라 직영.

편한 측면도 있고 불편한 측면도 있다. 관리 문제가 특히 그랬다.

잠시 하우스의 향수들을 돌아본다.

출발은 시그니처였다. 그러다 니치로 갔다. 그 니치들은 이제 대량 제작의 요청을 받고 있고 일부는 이미 그렇게 되었다.

니치들의 양도 많이 늘어났다. 그렇기에 장기적인 제작 기반이 필요하다는 상미의 의견도 나왔던 참이었다.

"좋습니다."

강토가 콜을 받았다.

"정말입니까? 닥터 시그니처가 인수해 주시는 겁니까?"

"그렇게 하죠. 다만 한 가지 옵션이 있습니다."

"옵션?"

"사장님이 계속 관리를 맡아 주신다면요."

"그건……."

"왜요? 곤란한가요?"

"제 회사 하나 지키지 못하고 남에게 넘기는 주제 아닙니까? 그러니 저보다 유능한 사람을 찾아서 맡기시는 게……."

"한 번의 실수는 약이 되죠. 두 번 실수하지 않으시면 됩니다. 제가 인수하되 사장님의 권한이나 운영 방식, 직원 관리 모두 터치하지 않겠습니다. 받아들이지 않으시면 저는 응하지 않겠습니다."

"닥터 시그니처."

"수락하시는 겁니까?"

"……."

"고맙습니다. 사장님."

강토가 일어나 정중한 예우를 해 주었다. 어젯밤 꿈이 떠올랐다. 바다가 변한 향수의 폭격. 이 일에 대한 암시였던 모양이었다.

*　　　　　*　　　　　*

이날 아침 풍경도 재미났다.

"대표님."

출근 시간, 선착은 이린이었다.

"안녕하세요?"

상규와 재은도 도착이다. 다들 옷차림이 가벼웠다. 이린은 큰지막한 배낭까지 지고 왔다.

"설마 노숙?"

강토가 물었다.

"네, 저 따뜻한 나라의 꽃밭에서 자볼 거예요. 저번에 배 실장님이 피렌체 다녀오신 후에 자랑할 때 정말 부러웠어요."

"조심해야 할 텐데?"

"걱정마세요. 믿을 만한 가이드 추천을 받았으니까요."

"알았어. 아무튼 건강하게 잘 다녀와."

"네, 대표님."

이린은 알람빅부터 돌렸다. 마음이 들떠 잊을 만도 하지만 자기 할 일은 잊지 않는 이린이었다. 향과 함께 예약 손님들이 밀려든다. 관광객들도 꼬리를 물었다.

"대표님."

중국으로 갈 시그니처들을 점검할 때 이린이 조향실 문을
열었다.

"왜?"

"태홍이가 왔는데요?"

"그래? 들여보내."

강토가 비커를 내려놓았다.

"선생님, 짜잔."

블레이드 러너를 신고 뛰어든 태홍이 상자 하나를 내밀었
다.

"뭐냐?"

"베개예요."

"베개?"

"소코트라 가신다면서요? 선물로 하나 샀어요."

"누가 그런 천기누설을?"

"헤헷, 어제 결혼식장에서 들었어요. 내일부터 며칠 문 안
연다면서요?"

"소식 빠르구나."

"그리고 지금은 밖에 안내문도 붙었거든요. 저희들 향수 공
부를 위해 향수 발상지 탐방을 갑니다. 다음 주 금요일에 오
픈합니다. 불편을 드려 죄송합니다."

"용건은 그것만이 아닌 거 같은데?"

"앗, 그런 냄새도 나나요?"

"내가 모를 줄 알아? 빨리 자백해."

"그게… 스타니슬라스 박사님에게서 스케줄표가 날아왔어요. 2월에 부를 테니 준비하고 있으라고요."

"진짜?"

"네, 조금 전에 이메일이 왔더라고요. 그래서 겸사겸사 달려왔어요."

태홍의 말이 끝나기도 전에 스타니슬라스의 전화가 들어왔다.

─닥터 시그니처.

"박사님."

─유럽에 나온 향수들이 맹위를 떨치고 있더군? FIFI Awards 수상은 시간문제겠어?

"별말씀을요."

─새로 보내 준 향수들도 대단하더군. 압도적이자 중독적이야.

"감사합니다."

─오늘은 태홍 때문에 전화를 했네. 올해 고등학교를 졸업한다니 그라스로 날아오라고 통보를 했네.

"지금 제 곁에 와 있습니다."

─태홍이?

"네, 박사님과 제대로 통하는 거죠?"

─기분은 어때 보이나?

"세상을 가진 것 같은데요?"

―하지만 나는 좀 걱정이라네.

"박사님이 왜요?"

―닥터 시그니처의 추천 아닌가? 그만한 재주를 가진 친구인데 내가 망쳐 놓지나 않을까 싶어서.

"박사님."

―알았네. 자네가 내 사정 들어줄 것도 아니고… 최선을 다해 키워 보겠네.

"감사합니다."

―상하이는 어땠나? 향수 편에 보내준 메모를 보고 이제야 연락을 하네.

"그쪽 팬을 조금 확보했습니다."

―조금이지만 대단한 사람들이겠지?

"그렇기는 합니다."

―또 다른 음모는 없나?

"오늘 밤에 소코트라로 날아갑니다."

―예멘?

"네, 할아버지 친구가 계신데 향수로도 빼놓을 수 없는 곳이라서요."

―할아버지가 부럽군. 닥터 시그니처와 같이라니.

"박사님 민박도 준비해 둘까요? 소코트라 현지인의 집에서 머물 거거든요."

─마음만 보내네. 새로운 교육생을 받으려니 준비할 일이 많거든. 태홍도 그렇고.

"아쉬운데요?"

─소코트라라면 예멘이니 유향과 몰약, 그리고 용연향의 땅이 아닌가? 마음에 드는 향과 영감을 만나길 바라네.

"감사합니다."

인사를 하고 통화를 끝냈다.

"스타니슬라스 박사님이시죠?"

듣고 있던 태홍이 물었다.

"그래. 너, 단단히 각오하고 오란다."

"문제없어요."

"불어는 많이 늘었지?"

"네, 아니면 베티에게 잔소리 들으니까요. 걔가 이제 보니 잔소리 마왕이더라고요."

"너는 그 마왕의 잔소리가 싫은 것 같지 않은데?"

"에헷, 그건 그래요."

"베티가 공항으로 마중 나오는 거 아니야?"

"그러겠다고 하는 걸 제가 거절했어요."

"응? 왜?"

"놀러 가는 거 아니잖아요? 베티는 유명 모델에 유명 유튜 버라 바쁘기도 하고… 그래서 이번에 갈 때 나오지 말고 제가 어엿한 주니어 퍼퓨머가 되어 한국으로 돌아올 때 나와 달라고 했어요."

"프랑스에서도 안 만나려고?"

"네, 진짜 조향사가 될 때까지는요."

"……!"

태홍의 각오가 강토의 폐부를 찔렀다. 이 녀석은 후각만 좋은 게 아니었다. 어쩌면 강토가 기대하는 이상의 조향사가 될 수도 있을 것 같았다.

동시에, 얼마 전에 이메일을 보내 온 초혜가 겹쳐 왔다. 초혜는 강토가 졸업한 선민대에 합격을 했다. 그녀의 포부도 굉장했다.

태홍은 소식을 전하고 나갔다. 2월까지는 시간이 좀 남았고 오늘 정리해야 할 향들이 있기 때문이었다.

'베개라?'

태홍의 선물은 향료 가방 옆에 고이 모셨다. 태홍이 일부러 사 온 것이니 비행기에서 쓸 생각이었다. 이린이 뛰어온 건 그 때였다.

"대표님."

표정이 좋지 않았다.

"무슨 일 있어?"

"영국 샤론 공주에게서 연락이 왔는데 대표님이 보내신 향수에 문제가 있대요."

"문제?"

"받아 보시겠어요?"

이린이 대표전화를 내밀었다. 강토가 받아 들었다.

"여보세요?"

영어로 대화를 시작한다. 저쪽에서 공주를 바꾸는 모양이다. 약간의 시간이 걸렸다.

―닥터 시그니처?

샤론 공주가 나왔다.

"공주님, 안녕하세요?"

―네.

"향수에 문제가 있다고요?"

―네. 그런 거 같아요. 여왕 폐하 생신이 코앞인데…….

"문제를 알려 주시겠습니까?"

―사진을 보냈어요. 확인해 보시겠어요?

통화를 들으며 파일을 열었다. 강토가 보낸 향수가 찍혀 있었다.

"뭐가 문제죠?"

―향수 말이에요, 똑같은 게 두 세트 왔잖아요?

"똑같다고요?"

―네, 잘 보세요. 여왕 폐하와 제 향수가 병입 차례만 다르지 똑같은 구성이에요.

"제가 보기에는 제대로 갔는데요?"

―네?

"여왕 폐하 앞으로 보낸 것은 폐하의 것이 맞습니다. 공주님 이름이 쓰인 건 공주님 것이고요."

—닥터 시그니처……

"폐하의 것은 레이어링입니다. 배꽃으로 감싼 포근하고 순한 장미 향에… 하반신에 뿌릴 향수 역시 장미에서 추출한 살구 향에 통통 튀는 생동감을 입힌 향수……."

—제 것은요? 똑같잖아요?

"다릅니다. 공주님은 생기발랄하시니 여왕 폐하와 반대의 레이어링으로 구성했습니다. 즉 살구 향을 상체에 뿌리고 장미 향을 하체에 뿌리는 조합이죠. 그렇게 되면 다른 듯 같은 듯 매력을 뿜는 향수가 될 겁니다. 여왕 폐하와의 일체감도 형성될 테고요."

—……?

"폐하께서 계시면 바로 시향 해 보시겠습니까? 제가 말씀드린 대로……."

—이게… 그런 구성이란 말이죠? 여왕 폐하와의 일체감을 위한.

"예, 공주님."

—알았어요. 닥터 시그니처를 믿고 한번 시도해 보죠.

"폐하의 마음에 들기만을 바랍니다."

—저도 그래요.

공주가 전화를 끊었다.

"대표님……."

돌아보니 이린도 놀란 표정이다.

"왜 또?"

"기발해서요. 저도 처음에 컴플레인 듣고 대표님이 실수를 하셨구나 하고 생각했는데 듣고 보니 완전 반전이잖아요? 여왕과 공주의 반전 레이어링."

"문제는 여왕 폐하야. 기력 때문에 향수를 즐기지 못하신다니……."

"될 거예요. 저는 대표님의 능력을 믿어요."

이린이 두 손을 모았다.

푸른 바다 해변 향수를 점검하는 것으로 마무리를 했다. 공항으로 갈 시간이었다. 샤론 공주의 연락은 다시 오지 않았다. 덕분에 공항으로 떠날 시간도 조금 늦었다. 그러나 왕실의 일이다. 아무리 왕의 권위가 떨어졌다지만 아파트나 작은 주택의 생활과는 다를 일.

마음을 비우고 일어섰다.

"이린."

매장으로 넘어와 이린을 찾았다.

"대표님."

시그니처 포장을 하던 이린이 다가왔다.

"나 먼저 갈게. 다들 잘 다녀와."

"여왕 폐하는요?"

"아직 연락이 없는데?"

"……."

"너무 신경 쓰지 마. 살다 보면 잘 안 될 때도 있는 거지. 대신 중국 상류층 시그니처 예약 많이 받았잖아?"

"그래도… 배 실장님도 굉장히 신경 쓰고 가셨는데……."

"배 실장에게 또 연락 오면 허니문이나 잘 즐기라고 그래."

강토가 가방을 들고 돌아섰다. 하우스 공식 전화가 울린 건 그때였다.

"대표님."

이린이 전화기를 내민다. 잔뜩 긴장한 걸 보니 영국의 전화로 보였다.

—닥터 시그니처.

샤론 공주였다.

"공주님."

—여왕 폐하 말이에요, 향수 뿌린 직후에 의무실 닥터가 달려왔어요.

"네?"

강토가 소스라쳤다.

여왕의 궁에는 주치의가 상주한다. 그런 그가 출동했다면 불상사다. 향수를 뿌린 후라면 원인 추측도 어렵지 않다.

역시……

노화로 인한 기력의 소진이 문제인 것인가?

강토가 착잡해지자 이린의 표정도 어둡게 변한다.

"그래서요? 폐하가 많이 불편하신가요?"

강토가 물었다.

─그 반대예요.

샤론의 목소리는 반전을 향해 달려갔다.

"반대라면?"

─향수 말이에요. 닥터 시그니처의 것을 침실 담당 직원에게 전해 주었지 뭐예요? 그 직원이 제 말대로 레이어링 타입으로 뿌렸는데 폐하께서 쓰러진 거예요. 놀란 직원이 주치의를 불렀는데 주치의가 들어오자 폐하께서 뭐라고 한지 아세요?

"……?"

─나 지금 좋아서 그러는 거니까 방해하지 말아 줘.

"공주님."

─침실에서 나오시더니 제 앞에서 한 바퀴를 돌았어요. 옛날처럼 제대로 돌지는 못하지만 그 시도가 어디인데요? 당신 향수가 너무나 마음에 든대요. 늙은 숨결을 거스르지 않고 부드럽게 다가오는 장미 향이라고요.

"그럼 공주님은요?"

─저요? 저는…….

"……?"

─저도 푹 빠졌어요. 이렇게 매력적인 레이어링은 처음이네

요. 게다가 폐하께서 제 레이어링도 마음에 든다며 옆에서 떠나지를 못하게 하시네요. 생신이 빨리 왔으면 좋겠다고도 하시고요. 향수를 자랑하고 싶으시다나요.

'와우.'

—아, 이 소식을 전해야겠네요. 여왕 폐하께서 향수에 폐하의 이름을 허락하셨어요. 저도 물론이고요.

빙고.

강토가 주먹을 쥐었다.

영국으로 날아간 향수의 낭보였다. 버킹엄 궁전의 왕족들을 사로잡은 것이다. 이린과 멤버들이 환호할 때 할아버지 전화가 걸려왔다.

—다 와 가냐? 도착할 시간이 된 것 같은데?

'시간?'

시계를 확인하니 탑승 2시간 30분 전이다.

이런.

화들짝 놀란 강토가 방개차를 향해 뛰었다. 인사동에서 인천까지 적어도 1시간 30분.

'죽었다.'

미친 듯이 시동을 걸었다.

*   *   *

여행.

당신은 어떤 이미지로 이 단어를 만나는가?

조향사들은 낯선 곳에서 많은 영감을 받는다. 조향이란, 기지의 향으로 미지의 냄새를 창조하는 작업이기 때문이다.

모든 나라들은 그 나라 특유의 모습을 가지고 있다. 선진국도 그렇다. 뉴욕의 느낌과 서울의 느낌이 다르고 상하이와 도쿄의 느낌이 다르다.

냄새?

그 또한 반드시 다르다.

낯선 나라에 가면 코부터 떠보라. 코펙트럼을 열고 당신의 눈으로 보듯 냄새를 더듬어 보라. 조금만 집중하면 느낄 수 있다. 모든 나라들은 모두 다른 냄새를 가지고 있다는 사실.

강토의 머리에는 소코트라의 냄새가 있었다.

척박한 모래언덕이 빛나던 콸란시아 해변.

그곳에 자라던 드래곤 블러드와 그 사이를 헤집고 다니는 눈처럼 하얀 게.

끝없이, 그러나 지독히도 한가롭게 펼쳐지던 백사장과 맑은 물속의 물고기들.

그 해변에는 모래언덕이 빚어내는 풀과 허브의 냄새들, 푸르게 차가운 냄새들이 따뜻한 바다의 이미지를 그리고 있었다.

그 바다에 햇살이 떨어지면 셀 수도 없는 물비늘이 일어나 해변의 모래와 반사를 겨룬다. 그 한가로움과 싱그러움 속에서 느끼는 자유와 해방감.

비행기에 올라 눈을 감는 순간, 빛나는 영감이 뇌를 치고 들어왔다.

해방감의 해변 냄새.

좋았어.

출발부터 느낌 제대로였다.

                    *   *   *

쨍.

하늘 위에서 할아버지와 건배를 했다.

일등석이다.

상하이에서 대박을 친 할아버지는 일등석 정도는 탈 자격이 있었다. 그런 할아버지가 찜한 여자도 당연히 그럴 자격이 있다.

옛날 생각이 났다. 아주 어렴풋한 그 어린 날.

엄마와 아빠를 잃고 할아버지 손에 이끌려 중동행 비행기를 타던…….

그때의 강토는 모든 게 불안했었다. 믿을 건 할아버지뿐이었다. 그렇기에 비행기에서도 할아버지 품에 안겨서 잠든 기억이 있었다.

그 믿을맨 할아버지.

오늘은 그 역할을 방 시인에게 하고 있었다.

보기가 좋았다.

와인을 두 잔 마시고 베개 세팅. 태홍이 준 것이니 우아하게 베었다. 세상없이 편한 자세로 영감 속으로 들어간다. 빈 유리잔에 바다를 담는다. 그 바다에 해변을 만들고 햇살을 끼얹는다. 해변을 이루는 요소들을 냄새로 첨가한다.

콸란시아 해변의 풍경이다.

고1의 방학 때 강토는 콸란시아 해변을 오토바이로 달렸다. 낡디낡은 오토바이는 소음이 꽤 컸다. 그때는 그 소리가 좋았다. 해변을 소리로 뒤덮고 싶은 만용까지 있었다.

콰다당콰당.

마후라 따위는 터져도 좋았다.

"야아아아."

목이 터져라 소리도 지른다. 소리의 주인공은 강토가 아니었다. 그때는 꼬맹이였던 엘라. 강토가 가는 곳마다 '토악', '토악' 하며 따라다녔다. 아랍어로 오빠를 뜻하는 악에 강토의 토를 붙여 만든 발음이었다.

그 엘라.

그 엘라가 마중을 나왔다. 훌쩍 큰 키에 히잡을 썼지만 한눈에 알 수 있었다.

"토악."

강토를 본 엘라가 달려왔다. 여전히 맨발이었다.

"엘라."

"토악."

엘라가 강토 앞에 섰다. 눈빛으로 허그를 한다. 강토가 떠나던 날, 강토 따라간다고 울던 꼬맹이 엘라. 이제는 제법 어른 티를 품고 있었다.

"얏디."

다음으로 할아버지 차례다. 할아버지 역시 눈빛만으로 그녀의 허그를 받았다. 여기는 아랍, 남녀가 공개된 장소에서 포옹을 하는 건 금기였다.

"아버지는?"

할아버지의 아랍어가 불을 뿜기 시작한다.

"집에서 음식 준비를 하고 계세요."

"음식은, 우리에게는 하산과 엘라가 최고인데."

"타세요."

엘라가 낡은 차를 가리켰다. 너무 낡아 박물관에서 꺼내온 것 같았다.

그런데.

엘라는 차를 타지 않았다.

"너는?"

강토가 물었다.

"내 애마는 따로 있어."

주차장 옆으로 달려간 엘라가 돌아왔다. 엄청난 소음과 함께.

"……?"

그걸 본 강토가 뒤집어졌다.

"맙소사."

탄식도 나왔다.

엘라가 애마라고 부르는 오토바이는… 강토가 타던 그 녀석이 분명했다. 그때도 낡았던 것을 무려 아직도 타고 있는 것이다.

"그때 그 오토바이 같은데?"

할아버지가 웃었다.

"맞아요."

자랑스럽게 대답한 엘라가 먼저 출발했다. 그녀가 달려가는 앞으로 '해기어' 산이 펼쳐진다. 그 산이 뿜어낸 냄새를 따라 소코트라의 향기가 달려들었다.

화강암과 석회암 냄새였다. 사막 장미와 용혈수 냄새도 났다. 냄새를 따라 띄엄띄엄하던 기억의 퍼즐을 완벽하게 맞춰간다.

용혈수를 잊고 있었다. 립스틱의 원료이자 상처 치료제이기도 한 용혈. 그들 사이에 사막 장미가 펼쳐진다. 그 또한 장관이었다.

"좀 쉬어 갑시다."

눈치 빠른 할아버지가 유려한 아랍어로 운전기사에게 말했다.

고원지대에 내린 강토가 사막 장미를 향해 걸었다. 현지인들은 이 꽃의 줄기가 부푼 모습이 병을 닮았다고 해서 병나무로도 부른다. 저만치 뒤로는 셀 수도 없이 많은 유향 나무들이 병풍을 이룬다. 그 사이로 희끗희끗 오가는 사람들이 보인다. 유향 작업 중이다. 겨울이면 나무껍질에 상처를 내야 한다. 그런 다음에 봄이 오면 그걸 수확하는 것이다.

냄새?

그야말로 환상이었다.

"상쾌한 냄새는 아니지만 머리가 맑아지는 것 같아요."

방 시인의 느낌이 딱이었다. 수지 향 때문이었다.

잠시 눈을 감는다.

유향 속에서 카랄루마스 냄새를 골라낸다. 그때는 이 냄새를 잘 맡지 못했다. 덕분에 강토를 골려 먹으려던 하산이 머쓱했던 기억이 났다.

이제는 확실하다. 이 악취… 이걸 제대로 못 느꼈으니 하산이 놀랄 만도 했다. 악취를 걷어 내자 소코트라의 향이 풍성하게 펼쳐진다. 베고니아에 아카시아, 석류와 바이올렛은 물론이고 히아신스 냄새도 끼어 있다.

"미스터 윤."

해변 마을에 접어들자 하산의 목소리가 벼락처럼 작렬했다. 입구에 나와 손을 흔드는 것이다. 할아버지가 내려 그와 허그를 했다. 강토도 그의 무지막지한 허그에서 자유롭지 못했다.

"이야, 이제 아주 멋진 남자가 되었구나?"

투박한 그의 손이 강토의 두 볼을 비벼 댔다. 이마에 주름살만 늘었지 옛날 그대로인 하산이었다.

"와이프?"

하산의 관심은 방 시인에게 있었다.

"오케이. 코리아 넘버원 미인이라네."

할아버지의 너스레에는 휴일도 국경도 없다.

"기막히시군. 이런 미인이 있으니 예멘으로 오지 않았군?"

하산도 장단을 맞춘다. 두 사람이 막역하기에 가능한 일이었다.

"자, 먼 길 왔으니 짐 풀고 나오시게."

하산이 숙소를 가리켰다. 전에도 묵었던 방이었다.

"……?"

엘라의 안내로 들어선 강토가 숨을 멈췄다.

냄새였다.

유향에 더불어… 용연향의 냄새가 났다. 출처는 벽이었다. 백 년도 넘은 하산의 집. 옛날 사람들이 용연향을 회반죽으로 알고 벽에 발라 버린 것이다.

이게 바로 용연향의 위엄이었다. 오랜 시간이 지나도 변하지 않는 냄새. 과연 용연향의 섬으로 불리는 소코트라다웠다.

"토악."

엘라가 강토를 불러냈다. 할아버지의 호출이었다.

"봐라."

할아버지가 짐을 푼 방의 벽을 가리켰다. 거기 위풍당당한 건 할아버지의 그림이었다. 오래전, 할아버지가 우정의 표시로 선물한 소코트라의 풍경… 아직도 여기서 강토와 할아버지를 기다린 모양이었다.

할아버지에게 엄지를 세워 주고 만찬 테이블로 향했다. 테이블은 푸짐했다. 염소를 중심으로 차린 요리와 해산물들. 무엇보다 향신료의 냄새가 마음에 들었다.

소코트라의 토속적인 냄새 속에 이야기꽃이 펼쳐졌다. 두 가지 테마였는데 하나는 방 시인이었고 또 하나는 강토였다.

"강토가 그렇게 유명한 조향사가 되었다고?"

하산이 물었다. 할아버지와 교통하면서 이야기를 들었던 그. 몸소 확인에 나서는 것이다.

"이야, 믿기지 않는데? 우리 강토는 카랄루마스 냄새도 잘 몰랐는데 어떻게?"

하산의 고개가 갸웃 기울었다.

그는 조향을 알고 있다. 마을의 촌장으로서 향료 회사 사람들을 만난 적이 있기 때문이었다. 그들은 유향을 원했고 혹 용연향이 나오면 언제든 연락하라며 명함을 뿌리고 갔었다. 혹은 드물게 조향사들이 찾아왔다. 장 폴 겔랑처럼 향의 근원을 찾아다니는 조향사들이 그랬다.

타이밍에 맞춰 강토가 향수를 꺼내 놓았다. 영국 여왕에게 보낸 향수 세트였다.

"영국 여왕을 위해 만든 시그니처입니다."

"······?"

영국 여왕.

그 한마디에 하산의 기가 죽었다. 섬에 사는 그지만 나름 국제통이다. 영국 여왕의 위엄을 모르지 않았다.

스슷.

시향을 한다.

얼린 장미 향에서는 코만 벌름거린다. 살구 향에서 비로소 감탄이 나왔다. 하지만 감동까지는 아니었다. 그는 대자연 속에서 살고 있다. 그렇기에 여왕을 위한 향수는 그의 후각을 만족시키지 못했다.

"그건 엘라 선물이고요, 이게 촌장님 선물입니다."

강토가 다른 향수를 꺼내 놓았다. 추진진의 세트 향수에서 남편을 위해 구상한 야수의 향수였다.

"오."

예상대로 바로 뒤집어진다. 칼칼한 클라리세이지와 블랙 커런트, 파출리… 그리고 그가 익숙한 용연향에 녹아 버린 것이다.

"내가 맡아 본 향수 중에서 최고."

쌍엄지척을 쾌척해 주는 촌장이었다.

그렇다면 엘라는?

완전 몰입이다. 여왕의 향수 세트에 코를 박고 뗄 줄을 몰랐다.

"귀한 선물을 받았는데 우린 뭘로 보답하지? 다른 조향사들은 용연향에 목을 매던데 요즘은 갈매기와 게 떼들이 몰려드는 곳에도 용연향이 없어."

하산이 웃었다. 용연향의 토사물이 해변으로 밀려오면 새와 게 떼들이 몰려든다. 소코트라 사람들은 오랜 경험으로 그걸 알고 있었다.

"어허, 우리 강토가 유명한 조향사가 되었는데 없으면 만들어서라도 줘야지."

할아버지가 괜한 으름장을 놓는다.

"그럼 우리 둘이 고래잡이 나갈까? 마침 보름달이 뜰 때니 고래들이 보이더라고. 또 모르지. 미스터 윤 부자가 왔으니 용연향을 빵빵하게 머금은 고래가 잡힐지도."

"하산."

할아버지가 울상을 짓는다. 할아버지의 1패였다.

"오다 보니 유향 나무에 상처를 내고 있더군요. 그 일이나 돕게 해 주시면 고맙겠습니다."

강토가 교통정리에 들어갔다. 조향사인 강토 입장에서는 닭 대신 꿩이다. 한국에서는 구경조차 할 수 없는 경험이 될 것이기 때문이었다.

"유향 작업을 해 보겠다고?"

"네."

"그거야 대환영이지. 내가 강토의 품삯은 두 배로 쳐 주지."

하산이 너털웃음을 웃었다.

이른 아침, 가까운 해변을 걸었다. 멀리서 대추야자와 파파
야 나무 냄새가 끼쳐 왔다. 어제와 다른 오늘, 그리고 어제와
다른 오늘의 냄새가 좋았다.

가까운 민가에서 나는 산호 화석 냄새도 새로웠다. 모든 게
새로운 이 아침, 수지 향 때문이 아니더라도 머리가 맑아지는
것 같았다.

"토악."

엘라가 다가온다. 여전히 히잡을 썼지만 향수 냄새가 났다.
어제 강토가 준 향수였다.

그런데.

향이 다르게 느껴졌다. 엘라는 이제 보니 향수를 다르게 뿌
렸다. 두 개 다 뿌리고 싶은 마음에 오른 손목에 얼린 장미
향을, 왼 손목에 살구 향을 뿌린 것이다. 즉 상하가 아니라 좌
우의 레이어링. 굉장히 단순한 변화지만 괜찮았다.

"향수 좋아?"

강토가 물었다.

끄덕.

그녀의 대답이었다.

세월이 흘렀다. 이제 훌쩍 자란 강토와 엘라. 전처럼 자연스럽지는 않았다.

그때 해변 끝에서 소란이 들려왔다. 새 떼와 게 떼들이었다.

"용연향일까?"

강토가 엘라를 돌아본다. 엘라가 먼저 뛰었다. 강토도 그 뒤를 따랐다.

용연향은 아니었다. 커다란 물고기가 떠내려온 것이다.

"아닌데?"

강토가 엘라를 돌아보았다. 엘라 눈가에 물기가 서린다.

"왜?"

"용연향… 찾으면 토약 주고 싶었는데……."

엘라의 착한 마음에 따뜻한 햇살이 깃든다. 그 햇살을 따라 유향의 냄새가 진해진다. 용연향 따위? 없어도 상관없었다. 여기는 소코트라. 빛나는 영감이 유향처럼 반짝거리는 것이다.

식사를 마치고 유향 나무 숲으로 갔다. 엘라와 함께였다. 할아버지와 방 시인, 하산은 바다로 나갔다. 그들의 관심은 대어에 있었다. 어쩌면 고래를 잡아 용연향을 얻고 싶은지도 몰랐다.

숲에 이르자 신성한 느낌이 다가왔다. 유향은 성스럽고 몰약은 목가적이다. 유향은 남성적이고 몰약은 여성적이다.

유향에도 클래스가 있다. 유향의 에센션 오일은 약 200여 개의 화학물질로 구성된다. 토질과 기후에 따라 성분비가 변한다. 오랜 경험이 있는 현지인들은 냄새만으로 좋은 유향을 구분해 낸다. 그리고 강토 역시 냄새만으로 좋은 향료가 될 유향을 찾아낼 수 있었다.

나무를 돌며 상처를 낸다. 세상에는 스물다섯 종류의 유향이 존재한다. 강토 생각은 달랐다. 지금 눈에 들어오는 것만 1,000여 그루를 헤아린다. 그 냄새가 다 다르다. 어째서 그렇지 않을까? 서울을 활보하는 천만 명의 인간도 다 다른 개성을 가지고 있다.

그중에서도 원시의 향이 빛나는 나무가 있었다.

영감과 매칭이 된다.

해방감의 해변 향수에 변조제이자 조화제로 그만이었다.

오후에는 바다로 나갔다. 엘라도 없이 혼자였다. 겨울이지만 소코트라의 한낮은 한국의 여름을 무색하게 만든다. 따끈하게 익은 모래에 누워 코를 열었다.

햇살을 익혀 보듬어 준 모래알들, 가까운 해변에서 파릇한 허브와 풀 냄새들, 그리고 짭쪼름한 바다 냄새와 이국적인 바람들, 거기에 코코넛오일과 유향 냄새를 올리자 가슴이 툭 트여 버렸다.

자유, 힐링, 익명에 묻어 오는 이 완벽한 해방감.

바다가 총천연색으로 보였다. 바다 깊은 곳의 산호에 단풍이 든 것처럼 환상적이었다. 그 환상을 스케치로 이어 간다.

「톱 노트 — 해안의 여러 허브들, 열대의 풀 향, 대추야자 향, 파파야 향」
「하트 노트 — 따끈한 모래 냄새, 아쿠존, 카블스톤, 코코넛오일」
「베이스 노트 — 유향」

여기까지 달려간 후에 구성을 돌아본다. 한 가지가 빠졌다. 해방감은 무엇인가? 행복이다. 일상에서의 일탈이 주는 자유와 행복.

'그렇다면……'

알데히드를 소환한다. 여기에 딱 맞는 게 있었다. 바로 알데히드 C18 푸르놀리드였다. 여기에 안트라닐산 메틸과 스티랄릴 아세테이트를 더하면 행복한 냄새가 난다. 여의치 않으면 투베로즈와 재스민을 섞어도 비슷한 향이 난다. 시그니처라면 후자의 구성이 좋았고 많은 사람을 위한 거라면 전자가 좋았다. 톱 노트의 앞자리에 알데히드를 세움으로써 스케치가 끝났다.

마음을 툭 트이게 하는 인도양의 해변을 눈앞으로 옮겨 온 듯한 새 작품.

소코트라 해변에서 강토의 영감에 맺힌 열매였다.

＊　　　　＊　　　　＊

강토만 수확이 있는 건 아니었다. 배에서 돌아온 할아버지 어깨에 힘이 잔뜩 들어가 있었다. 참치였다. 1M에 가까운 참치가 무려 두 마리였다.

"어떠냐? 이 할아버지 실력?"

할아버지가 강토 앞에서 무게를 잡는다.

"죽이는데요?"

"너도 갔어야 하는 건데……."

"저도 향수 월척을 낚았거든요."

"그래도 당장은 현물이지."

할아버지의 자부심에 불이 붙는다.

한 마리는 마을 사람들에게 주고 남은 한 마리로 요리를 했다.

소코트라 사람들은 참치회를 먹지 않는다. 주먹만 하게 썰어 요리를 할 뿐이다. 굽기도 하고 튀기기도 했다. 용연향의 바다에서 건져 올린 거라 그런지 맛이 좋았다.

용연향.

해변의 끝마을에서 그 향을 푸짐하게 맡았다. 몇 집에선가 용연향 냄새가 난 것이다. 가 보니 그들의 담장이었다. 놀랍게도 용연향을 타르처럼 바른 집이었다. 그 또한 용연향을 타르로 착각한 덕분이었다. 누군지 모르지만 그 덕분에 후손들은 대를 이어 용연향을 호흡하며 살고 있다. 어떻게 보면 그 조상이 현명했다. 귀한 용연향을 대대손손 물려준 셈이었다.

소코트라를 원 없이 돌았다. 먼지 이는 들판과 까마득한 산, 그리고 유향 나무들. 향에만 빠져 산 것은 아니었다. 메리언을 영상으로 호출해 해변 데이트도 했다.

—기다려요. 저 당장 날아가야겠어요.

메리언의 반응이었다.

강토가 허락하면 정말 날아올 기세였다.

사나로 돌아가기 하루 전, 할아버지가 그림 앞에 섰다.

"하산."

"왜?"

"혹시라도 돈이 필요하면 이 그림 팔아서 써."

"됐네. 그거 2,000불에 팔리던 그림 아니었나? 그냥 두고 가 보로 삼을 걸세."

"지금 팔면 거기에 동그라미를 몇 개 더 붙여야 할 거야."

"이 친구, 큰소리는 여전하군."

"자네 곽파오 알지?"

"곽파오? 중국 상인 말인가?"

"그 친구가 그래도 신용은 기막혔지?"

"그야… 그런데 왜?"

"잠깐만."

할아버지가 곽파오에게 전화를 걸었다. 인사를 나눈 후에 하산을 바꿔 준다. 통화를 하던 하산의 얼굴이 굳어 버렸다. 곽파오가 할아버지의 그림값을 알려 준 것이다.

─그거 못 받아도 20만 불은 가능합니다. 윤 화백님이 이제 그때의 윤 화백이 아니거든요.

"……."

통화를 마친 하산은 말을 잃고 말았다.

"자네 배가 좀 낡았더라고. 그러니 필요하면 이거 팔아서 새것으로 뽑아. 그림은 나중에 내가 하나 더 그려 줄 테니까."

"결국 성공을 했군?"

하산이 할아버지를 바라보았다.

"성공은 우리 강토가 했지."

"멋지네. 하지만 자네 그림은 팔지 않아. 배는 고쳐 쓰면 그만이니까."

"하산."

"저 그림 보면서 늘 자네 생각했거든. 그 기쁨을 20만 불하고 바꿀 수야 없지."

하산이 웃었다.

"그럼 다른 선물을 골라야겠군."

할아버지가 대안을 냈다. 처음부터 계획된 일이었다. 하산은 자존심이 강하다. 그렇기에 그림을 앞세워 돌아간 것이다.

할아버지의 작별 선물은 오토바이였다. 엘라의 오토바이를 최신형으로 교체한 것이다. 하산은 그것까지 사양하지는 못했다.

　"고맙습니다."

　시동을 걸어 본 엘라는 좋아 어쩔 줄을 몰랐다. 앞서 달리는 그녀를 강토가 따라갔다. 그녀의 헌 오토바이를 탄 것이다. 두 대의 오토바이가 나란히 해변을 달렸다.

　소코트라.

　진짜 향들의 최후의 섬.

　후각이 우수하면 용연향 냄새 정도는 공짜로 맡을 수 있는 곳.

　노을을 따라 그 섬의 여정이 마감되었다.

*　　　*　　　*

　"한국으로 오라고. 날짜만 잡으면 내가 비행기표를 보내 줄 테니."

　작은 공항에서 할아버지가 날린 약속이었다.

　"가야지. 우리 엘라가 K—팝이라면 자다가도 일어나거든. 뭐 눈치를 보니 이제는 강토의 향수를 더 좋아하는 것 같지만."

　고개를 돌리는 하산의 눈시울이 젖는다. 할아버지와는 정말 막역한 이 사람. 눈물을 감추려고 그러는 것이다.

"토악."

엘라가 작은 상자를 내밀었다.

유향의 고무수지였다. 냄새로 보아 최상급이다. 어제 오후에 친구들을 만나더니 이걸 구했던 모양이었다.

"고마워."

"또 와."

엘라가 손을 흔든다. 그 눈시울도 하산을 닮았다. 돌아보지 않았다. 언젠가 또 만날 테니까.

사나에 도착하기 무섭게 수크 거리로 나갔다.

사나는 지구상에서 사람이 살기 시작한 것으로는 가장 오래된 도시로 꼽힌다. 오랜 전통답게 낮은 층으로 지어진 흙벽 돌집의 고풍스러운 외관이 하얀 석고와 함께 푸근하게 펼쳐진다. 좁디좁은 수크 거리는 아라비안나이트에서 튀어나온 길과도 다르지 않았다.

하지만.

향 냄새만은 넓고 또 넓게 다가온다. 향료 시장 때문이었다.

좁고 복잡한 수크의 담벼락에 기대 향을 음미한다. 후각을 최대한 열고 새로운 냄새를 저장하는 것이다. 압권은 역시 유향이었다. 그 뒤로 몰약이 따라온다. 용연향도 있다. 하지만 이 용연향은 천연이 아니었다. 신경 쓰지 않았다. 향의 결도

세월을 따라 변해 간다. 먼 옛날에는 오직 천연향뿐이었지만 이제는 변했다. 이 오랜 향료 시장에도 새로 나온 합성향들이 끼어든 것이다.

전체의 맛을 보았으니 이제 디테일로 들어간다. 느긋하게 상점을 돌았다. 상점 밖까지 진열된 박스에도 유향과 몰약 결정이 가득하다. 상점 안의 선반에서도 오일과 향료 단지들이 뿜뿜 향을 뿜어댄다.

"유향 찾으세요?"

상인 하나가 말을 붙여 온다.

"좋은 게 있나요?"

짐짓 응수를 하자.

"운이 좋으시군요. 최상급이 하나 남았습니다."

그가 유향 결정을 꺼내 놓았다.

A급이지만 S급은 아니었다.

"향수는요? 오래된 것들을 찾고 있습니다."

"잠깐만요."

상인은 손때가 반질거리는 나무 상자를 꺼내 왔다. 그걸 열자 히아신스와 투베로즈, 허브를 하트 노트로 삼은 향수들이 나왔다.

"……."

욕이 나올 뻔했다. 향수병은 낡았지만 안에 든 향수는 3년 이내에 출시된 신상들이었다.

"그럼 이거는? 이게 바로 소코트라에서 가까운 압둘쿠리 섬에서 나온 천연 용연향이라는 겁니다."

또 다른 병이 나왔다.

'이 자식이.'

진짜 욕을 할 뻔했다. 향은 그럴듯하지만 그 또한 짝퉁이었다. 오크모스와 몇 가지의 균류, 그리고 클라리세이지를 적절하게 블렌딩한 가짜 용연향이었다.

"얼마죠?"

슬쩍 간을 보았다.

"600불만 내시오. 당신 오늘 횡재하는 겁니다."

"천연이라니 1만 불이라도 내고 싶지만 가진 돈이 없어서… 다음에 보죠."

"가진 돈이 얼마요? 특별히 디스카운트해 드리지."

"가진 돈은……."

강토가 흔든 건 1달러짜리였다. 주인의 인상이 과격하게 구겨지는 게 보였다.

그를 뒤로하고 다른 상점에 들어갔다.

"먼 코리아에서 오셨다니 제대로 된 걸 보여 드리죠."

강토의 말을 들은 털보 상인, 작은 버너에 불을 당기더니 유향을 던져 넣었다. 유향에 불이 붙자 기막힌 냄새가 퍼졌다. 불타는 유향, 유향의 냄새를 느끼는 새로운 방법을 배웠다.

이 유향은 퀄리티가 좋았다. 일반적으로 유향은 10% 안쪽의 휘발성 오일을 가지고 있다. 이 유향은 12%내지 14%에 이를 것 같았다.

"사죠."

군말없이 구매를 했다. 하산과 엘라에게 얻은 것도 적지 않지만 좋은 향료는 많을수록 좋았다. 하지만 다른 이유도 있었다.

"혹시 골동 향수를 파는 곳을 아시나요? 헌 병에 새 향수를 주입한 거 말고 진짜 말입니다."

현금 계산을 하며 20불을 더 올려 주었다.

"이렇게 매너 있는 분에게 가짜를 팔면 안 되죠. 이 길을 따라가다 보면 파란 칠이 진한 대문의 상점이 나올 겁니다. 거기 가서 우마르의 친구라고 하면 제대로 된 물건을 보여 줄 겁니다. 마음에 드는 걸 찾을 수 있기 바랍니다."

주인이 강토의 서비스에 녹았다. 그가 직접 나와 방향을 가리킨다. 그 손을 따라 걸었다.

가는 길에는 대추야자가 많았다. 구운 메뚜기도 보인다. 여행자로서 대추야자를 지나치지 않았다. 이건 할아버지도 좋아하는 아이템이었다.

"우마르의 친구라고요?"

파란 대문의 상점 주인이 강토를 물끄러미 바라보았다.

"혹시 조향사입니까?"

"어떻게 아셨죠?"

미소가 착해 보여 바로 대답을 했다.

"냄새가 나잖습니까? 특히 아이리스?"

"……?"

그 말에 강토 촉이 일어섰다. 강토는 조향사다. 다양한 향료를 만진다. 그중에는 물론 아이리스도 있다. 하지만 셀 수도 없이 많은 향료. 그중에서 어떻게 아이리스였을까?

"척 보면 알죠."

그는 이유를 대지 않았다. 찍어서 맞혔다고 해도 강토에게는, 호기심 돋는 찍기가 아닐 수 없었다.

"어떤 향수를 찾으시나요? 단순히 오래 묵은 잡동사니들, 오래 묵고 향도 좋은 것, 향은 바랬지만 향수로의 의미가 있는 것, 아니면 폼 나게 전시하는 데 필요한 것."

주인의 질문은 디테일했다. 덕분에 잠시 말을 잊는 강토였다.

"그러시다면 저는 옛날 프랑스의 조향사 알랑이나 블랑쉬의 향수를 찾고 있습니다."

"얼마나 옛날 사람이죠?"

"약 200년 전 그라스의 조향사였습니다."

"그렇다면 여기 있을지 모르겠군요."

그가 삼나무 상자를 들고 왔다. 경첩은 반쯤 떨어져 나가고 나무조각도 군데군데 흠이 난 몰골이었다. 그래도 냄새만은 제대로였다. 그걸 열자 50년 이상 묵은 향들이 봉인 풀린 비밀처럼 은은하게 흘러나왔다.

강토가 눈을 감았다. 시각보다 예민한 게 후각이다. 그 후각으로 알랑과 블랑쉬의 자취를 따라갔다.

"······!"

희미한 반응에 강토가 눈을 떴다. 냄새가 나는 병을 골라 들었다. 삼나무 조각을 입힌 향수였다.

"열어 봐도 될까요?"

주인의 허락부터 구했다.

"냄새를 맡는 것까지는 괜찮습니다."

주인이 직접 뚜껑을 열어 주었다. 순간 강토의 긴장이 풀려 나갔다. 200년 가까이 묵은 향수지만 포퓰러가 달랐다. 이건 영국이나 이탈리아의 향수 같았다.

"마음에 들면 500불에 드리죠."

주인은 강토의 눈치를 놓치지 않았다.

"제가 찾는 게 아닙니다."

병을 돌려주었다. 가격 때문이 아니라 별 매력이 없었다.

"그러고 보니 길 건너의 상점에도 200여 년 전의 향수나 자료를 찾는 사람이 왔다 갔다고 하던데 혹시 당신인가요?"

"네?"

강토가 고개를 들었다.

"아닌 모양이군요."

"그래서요? 거기서는 그런 향수가 나왔나요?"

"그런 건 구하기 힘들죠. 200년짜리인지 확인도 어렵고……."

"거기가 어디죠?"

주인에게 물었다. 그가 상점을 알려 주자 감사를 전하고 그곳으로 향했다.

거기에도 알랑이나 블랑쉬의 향수는 없었다.

대신 다른 향수들을 줍줍했다. 수십 년 정도 지난 향 연고와 에센스들이었다. 향이 조금 바랬지만 쓸만했다. 이런 향도 시그니처에 필요할 수 있다. 빈티지 느낌의 향은 따로 만드는 것보다 저절로 바랜 것이 더 자연스러우니까.

*   *   *

"건배."

할아버지가 잔을 들었다. 예멘에서의 마지막 밤이었다. 보기 좋게 그을린 방 시인도 기꺼이 잔을 들었다. 술은 빈티지 샴페인이었다. 가격표를 보니 어마무시했다. 한 병에 800불이 넘었다.

그래도 향은 기가 막혔다. 트러플 냄새도 나고 백합 냄새도 났다. 무엇보다 인상적인 건 목 넘김과 함께 느껴지는 활력이었다. 꼭 용연향을 맡은 기분이었다.

"조향을 하신다고 들었습니다. 샴페인 소감을 듣고 싶네요."

호텔 셰프가 다가와 물었다. 호텔은 하산의 소개로 예약한 곳이었다. 그가 강토 자랑을 한 것 같았다.

"소프트하고 쏠티하면서도 뒷맛이 액티브하네요. 용연향 비슷한 활력이랄까요?"

"용연향을 잘 아시는군요?"

"예, 조금……."

"하산이 당신 자랑을 하더군요. 굉장히 소중한 분들이니 잘 모셔 달라고."

"지금 충분히 대접받고 있습니다."

"잠깐만요."

셰프가 직원에게 손짓을 했다. 그러자 직원이 작은 향로를 가져왔다.

셰프가 작은 종이를 펴자 알갱이들이 나왔다.

'용연향?'

강토의 후각이 즉각 반응했다. 블랑쉬의 것만큼은 아니지만 품질이 좋은 찐이었다. 셰프가 알갱이들을 향로에 뿌리자 놀라운 일이 일어났다. 알갱이들이 피워 낸 연기. 정말이지 몽환스러운 풍경을 연출했다. 단지에서 나온 코브라가 뱀 춤을 추듯 꼬리를 감고 피어오르기 시작한 것이다.

"숨을 천천히 쉬면서 감상해 보시죠."

셰프의 가이드가 나왔다.

그건 정말 좋은 감상법이었다. 그렇게 하자 약간 독한 듯 느껴지던 향이 부드러운 활력으로 변했다. 그간의 피로감을 싹 몰아내는 것이다.

"실례지만 결혼하셨습니까?"

셰프가 강토에게 물었다.

"아직요."

"그렇다면 나중에 신혼여행으로 와 주시기 바랍니다. 그때 다시 이걸 피워 드리죠. 조향을 하시는 분들도 잘 모르는 기능이 있는데 용연향의 활력은 허리로 갑니다. 아는 사람은 이걸 천연 정력제로 쓰지요."

셰프는 미소를 남기고 돌아갔다.

"헛, 그 사람 괜한 소리를… 험험."

얼굴이 붉어진 건 할아버지였다. 할아버지에게는 예비 신혼여행인 셈이니까.

샤워를 마치고 메리언과 통화를 했다. 셰프의 일화를 전하자 메리언이 웃었다. 결혼하면 꼭 그 호텔로 가자며 장단도 맞춰 준다.

그렇게 예멘의 밤을 마감할 때였다. 불을 소등하고 침대로 들어갈 때 핸드폰에 불이 들어왔다.

"……?"

강토 신경이 곤두섰다. 그 사람이었다. 그라스의 알프레도 박사…….

—닥터 시그니처.

목소리가 묵직하게 흘러나왔다.

"박사님."

—지금 어디요?

"외국에 잠깐 나와 있습니다만."

—언제 돌아가시오?

"왜 그러시죠?"

—당신이 찾던 자료를 구했어요.

"정말입니까?"

—물론이죠. 당신 말대로였어요. 당시 그라스 장갑 조합, 향수 제조 조합원 명부인데 알랑의 도제 이름에 블랑쉬가 있었소. 그게 등재된 해부터 알랑의 향수 수준이 급향상되었고. 이전의 알랑 작품과 그 후의 작품 포뮬러와 수준이 판이하게 다르니 당신 주장에 일리가 있습니다.

"……."

—자료 일부를 이메일로 보내놨으니 확인하시오. 대신 나도 새로운 제안이 있소.

"뭐죠?"

—알랑과 블랑쉬에 대해서 논문을 쓰려고 하오. 이건 나에게 양보한다고 약속해 주셔야겠소.

"……?"

—단초를 제공한 건 당신이지만 자료를 찾은 건 납니다. 안

그렇습니까?

"약속하죠."

강토가 딜을 받았다. 거부할 이유가 없었다. 블랑쉬는 또 다른 강토였다. 그러니 강토보다는 제3자의 손과 이름을 빌리는 게 백배 나았다.

―그 약속 녹음됐어요.

"예."

전화를 끊고 이메일을 열었다. 첨부파일을 클릭하자 사진이 나왔다. 알프레도가 찾은 자료 사진의 일부였다. 조합 명부라는 제목 다음에 도제들의 이름이 보인다. 알랑의 도제에 블랑쉬의 이름이 보였다. 조금 흐릿하지만 판독에는 무리가 없었다.

강토가 쾌재를 불렀다.

갈매기 떼가 날아오르고 게들이 와글거리는 해변. 거기 가면 용연향을 발견할 수 있다고 한다. 강토는 용연향 대신 블랑쉬의 명예를 발견한 셈이었다.

'아자.'

쾌재와 함께 호텔 리셉션에 전화를 걸었다. 샴페인 한 잔이 더 당기는 순간이었다.

제5장
—
블랑쉬 하우스,
세계 조향의 기준이 되다

"떨리냐?"

태홍이 그라스로 유학 가기 하루 전, 강토가 불러내 초밥을 샀다.

"아뇨."

태홍이 웃었다. 향수의 본고장으로 날아가면서도 자신만만이다. 겁대가리 상실이라는 속된 말은 태홍을 위한 말인 것 같았다.

"좋다. 프랑스도 사람 사는 땅이니까."

"저 어제 초혜 만났어요."

"그래? 무슨 일로?"

"저번에 푸제아 로얄 시향 한 후로 연락하고 지내거든요. 어쩌면 나중에 선생님 하우스에서 만날 테니까요."

"무슨 얘기 했는데?"

"그 얘기 했어요. 한 뼘 더 자란 조향의 세계에서 만나자고."

"태홍아."

강토가 태홍을 바라보았다.

"네?"

"스타니슬라스 박사님은 보통 사람이 아니셔."

"알아요. 전성기 때는 유럽 조향의 중심이었고 지금도 굉장한 영향력을 미치는 분이라는 거요."

"거기서 인정받으면 거기 눌러앉아도 괜찮아."

"인정받을 거예요."

"그래야지."

"하지만 돌아올 거예요. 그러려고 가는 거니까요."

"왜?"

"저는 블랑쉬 하우스의 정규 멤버가 되는 게 꿈이거든요. 그라스에 남는 게 꿈이 아니에요."

"나는 그 반대인데?"

"상관없어요. 이건 제 꿈이니까요."

"좋아. 그건 제 자유지만 기왕 우리 하우스로 오려면 그라스 정도는 평정하고 와라. 알았지."

"네."

"받아."

강토가 작은 샘플 향수를 건네주었다. 블랑쉬의 역작 삼나무 향수를 소분한 것이다.

"새 작품이에요?"

"아니, 내가 가장 아끼는 향수. 어코드가 기가 막히거든. 향수의 바다를 항해할 때 작은 등대가 될 수 있을 거야."

"소코트라에서 돌아와서 보여 주신 해변 향수보다 더 멋진가요?"

"응. 그것보다 100배 정도?"

"배꽃 향은 언제 나와요? 달빛 향수는요?"

"네가 먼저 만들어도 괜찮아."

"그래 버릴까요?"

태홍이 웃는다. 이 아이는 정말, 불가능이라는 단어를 모르는 아이였다.

"아무튼 건강해야 하니까 많이 먹고 가라."

강토가 초밥 접시를 밀어 주었다. 이 메뉴는 태홍의 오더였다.

"그럼 이번에는 도미 초밥 좀 시켜 주세요."

"도미 좋아하냐?"

"아니요. 저는 소박한 고등어파예요."

"그런데 왜 도미를?"

"그게 물고기의 제왕이래요. 그 타이틀이 마음에 들어서요."

"향수의 제왕이 되려고?"

"노력은 해 봐야죠."

"좋았어. 그럼 한 3인분?"

"그럼 더 고맙죠."

태홍이 콜을 받았다.

태홍은 정말, 추가로 들어온 초밥 3인분을 거뜬히 해치워 버렸다. 그런 다음 당당하게 인사를 했다.

"제왕을 목표로 했으니 적어도 그 바로 아래는 될 수 있을 거예요. 그때까지 기다려 주세요."

인사는 미치도록 깍듯했다.

강토는 태홍을 꼭 안아 주었다. 장학금 명목으로 10,000불도 찔러 주었다.

걱정 따위는 하지 않았다. 태홍의 불어는 이제 수준급이었고 열정은 활화산과도 같았다. 그 열정으로 그라스에 모인 향수 인재들을 다 제압해 버리기를 바랐다.

태홍이 그라스에 안착한 주말, 중국 쪽에서 초대박 제의가 들어왔다. 그 연결선은 추진진이었다.

—닥터 시그니처.

오후쯤에 그녀의 전화가 걸려 왔다.

"신혼은 어떠세요?"

강토가 물었다.

―꿀맛이죠. 우리 그이도 향수의 매력에 푹 빠져 있어요.

"다행이네요."

―바쁘시죠?

"네, 조금요."

―제가 조금 더 바쁘게 해 드려도 될까요?

"대환영이죠."

―내일 시간 좀 비워 주세요. 중국에서 누가 찾아갈 거예요.

"추진진이 오는 게 아니고요?"

―저도 가고 싶지만 지금 벌인 일들이 장난이 아니라서요. 그런데 이분은 저보다도 비즈니스 마인드가 더 대단한 분이세요.

"네……."

―닥터 시그니처의 향수가 필요하신 분이니 꼭 좀 만나 주세요.

"그러죠."

―그럼 다음에 또 뵈어요.

통화는 오래 하지 않았다.

상미를 불러 미리 언질을 해 두었다.

결혼을 하려는 걸까?

그것도 아니면 시그니처?

깊이 생각하지는 않았다. 전념 중인 향수들 때문이었다.

소코트라에서 스케치했던 해방감의 해변 향수는 마무리를 했다. 지금 숙성실에서 맛나게 익어 간다. 한 달쯤 후에 향을 점검하고 끝낼 계획이었다.

배꽃 향수와 달빛 향수는 진행 중이다.

배꽃 향은 그래도 진도가 좀 나갔다. 흰 플로럴들과 매칭 과정에 있었다. 흰 연꽃부터, 재스민, 하늘타리, 빅토리아 연꽃, 목화, 치자 등을 빼놓지 않았다. 그러다가 꽂힌 게 랍다넘이었다. 랍다넘은 바위 장미로도 불린다. 역시 흰 꽃이다. 재미난 건 유향처럼 덤불의 줄기에서 수지가 나온다는 것이다. 이 줄기를 증기로 찌면 향이 나온다. 얼핏 맡으면 생고무 냄새에 꽃 향을 끼얹은 느낌이다. 머스크 분위기도 나고 용연향 느낌도 난다. 그러나 바탕이 식물이다. 동물 향을 내지만 청아한 잔향을 머금고 있었다.

여기에 파출리와 우디, 그린을 더해 새로운 시프레를 그린다. 고전적인 시프레는 로즈 트리플에 사향과 바닐라, 오리스, 통카빈, 용연향을 넣어 만들었다. 이 제법은 이후 베르가모트와 모스, 파출리를 중심으로 변했다.

랍다넘을 사용함으로써 몇 가지 향을 생략할 생각이었다. 대신 그린을 첨가했다. 무화과 잎과 회양목, 히아신스 향이 나는 것들이었다. 레드 페퍼도 미량 사용했다.

이렇게 함으로써 새로운 그린 시프레를 그리고 있었다. 중심 변조제 역할은 얼려서 추출한 배꽃 향이 맡았다. 영국 여왕의 향수에서 기막힌 역할을 한 배꽃 향. 한 번 더 멋지게 써먹는 것이다.

달빛 향수는 열네 번째 판을 접었다.

열네 번……

모두가 간발의 차이로 마음에 들지 않았다.

출발은 좋았다. 소코트라에서 돌아와 보니 향이 제대로 익었다. 멤버들의 평도 후했다. 그러나 강토가 생각하던 역작은 아니었다. 달빛 분위기만 있지 달빛 냄새가 약했다. 말하자면 그믐으로 가는 달이었다.

포기는 아니었다.

투지는 더 불타올랐다. 달빛 향을 내는 은매화와 빅토리아 연꽃의 모든 향료를 섭렵하며 길을 찾아갔다. 드뷔시의 달빛을 밥 먹듯이 들었고 보름달이 가까워지면 늑대 인간처럼 달빛 맑은 곳을 배회(?)하느라 바빴다.

조금 늦더라도.

그믐으로 가는 게 아니라 보름달 이미지로 가는 선명한 달빛 향을 만들 생각이었다.

*　　　　*　　　　*

"대표님."

오후가 되자 상미가 중국인을 모셔 왔다. 30대의 말쑥한 여자였다.

"말씀 많이 들었습니다."

그는 중국어 대신 영어를 사용했다. 명함 한 장을 내놓았다. 런정징. 중국의 유통 그룹 요하하의 부총경리 직함이었다. 총경리가 CEO다. 부총경리라면 부대표쯤 되니 굉장한 사람이 온 것이다.

"향수 때문에 오신다고 들었습니다."

"예."

"시그니처가 필요하신가요?"

"그것보다는 좀 큰 거래를 트기 위해 왔습니다."

"큰 거래라면?"

"저희가 연초에 추젠화 회장님의 투자를 받았습니다. MOU 체결 때 추 회장님이 당신 이야기를 하더군요. 대표 상품이 없는 유통 부분에 당신의 향수 유통을 추천한다고 말입니다."

"추 회장님이요?"

"중국에 들어왔던 향수를 보니 고가품이라 당에 알아봤는데 그쪽도 호의적이더군요. 향수는 더 그렇고요."

"……."

"그래서 우리 명품 유통에 당신의 향수를 대표 상품으로 내세우고 싶어 찾아온 것입니다."

"제 향수를 대표 상품으로 세운다고요?"

"저희 그룹에 대한 조사부터 하셔도 좋습니다. 아니면 추 회장님이나 추진진, 우첸페이에게 물어도 되고요. 아, 왕 상무 위원의 사모님이신 샹란 님도 당신에게 호의적이던데 거기 여쭤봐도 됩니다. 그분들 의견도 반영되었으니까요."

"샹란까지 말입니까?"

강토가 고개를 들었다.

"사적으로는 그녀가 제 대학 후배입니다."

"……."

"물론 우리도 당신 향수에 대해 면밀한 분석을 하고 왔습니다. 현재 한국에서 생산되는 아네모네의 향수부터 유럽 시장을 휩쓸고 있는 밀라노 패션쇼의 향수들, 롤스로이스에 이어 우첸페이가 판매한 향수, 독특한 취향의 좀비 향수와 추진진의 시그니처 세트까지."

"그래서요? 어떤 계약을 원하시는 겁니까?"

"궁극적으로는 8종이지만 일단은 추진진의 세트부터 필요합니다."

"추진진?"

"그 역시 우첸페이의 라이브 커머스를 통해 중국에 판매하셨죠? 1,000 세트 완판에 5분도 걸리지 않았다고 들었습니다."

"……."

"거래 조건은 당신이 원하는 대로 해 드리겠습니다."

"대체 얼마나 필요하시기에?"

"10만 세트."

"예?"

강토는 귀를 의심했다. 10만 세트. 상상도 못 할 오더가 나온 것이다.

"지금 10만 세트라고 했습니까?"

"예."

"우췬페이가 얼마에 판매한 줄은 아십니까?"

"아마 500만 원이었죠?"

"……?"

"우리는 대량이니 단가를 조금 낮춰 주시기 바랍니다. 병당 150만 원이면 합리적이지 않을까 합니다."

150만 원.

세트로 치면 300만 원이었다. 그렇다고 해도 엄청난 오더가 아닐 수 없었다.

"지금 중국은 발전 일로에 있습니다. 향수 한 병에 150만 원을 낼 사람은 널렸어요. 문제는 향수가 그만한 가치가 있느냐인데 그 또한 문제가 없다고 봅니다."

"……."

"당신의 의견은 어떻습니까? 저희 총경리께서 당신의 의견이 있으면 적극 반영하라고 하셨습니다."

"가격이야 불만이 없지만 수량이……."

"시간은 넉넉하게 드리겠습니다. 당신이 그 향수의 중국 판매 독점권만 준다면 말입니다."

"독점권?"

"독점권은 계약 체결일로부터 3년으로 하겠습니다. 상호 신뢰를 위한 장치일 뿐이니 큰 문제는 아닐 것으로 생각합니다. 부가적인 사항으로는 100만 세트까지 소화시킬 계획이고 다른 향수들이 중국에 진출할 때 저희를 우선협상자로 대우해 달라는 겁니다. 대우는 역시 최고로 해 드리겠습니다."

"……"

"나아가 원하시면 10만 세트의 선불 입금도 가능합니다."

선불 입금.

엄청난 딜이 나왔다.

10만 세트 분량이라면 향료도 엄청나게 들어간다. 계약금만 던져 놓고 받아 가지 않으면 강토도 파산이다. 하지만 선불을 질러 준다면 문제 될 게 없었다.

"호조건이군요?"

"우췬페이가 그러더군요. 토탈 패션 관련 유통업을 키우고 싶다면 어떤 대가를 치르더라도 당신을 잡으라고."

"우췬페이 판단에 딜을 거는 겁니까?"

"그녀의 의견은 하나의 판단에 불과합니다. 우리는 정치부터 경제 동향까지 많은 걸 고려했습니다. 그 결과 당신이라면 한한령이 떨어져도 문제가 없다는 판단까지 하게 되었습니다."

런정진이 의미심장한 미소를 지었다.

이 미소에는 여러 의미가 담겼다. 그중 하나가 샹란인 것 같았다. 그녀의 남편은 향후 중국의 지도자를 예약하고 있었다. 설령 주석이 못 된다고 해도 그 영향력은 넘사벽일 게 틀림없었다.

"시간이 필요합니다."

"제조 공장이 필요하다면 우리 중국에서 도와 드릴 수 있습니다."

"아뇨. 다른 시스템을 빌리고 싶지는 않습니다."

"그러시면 샘플로 300병을 먼저 부탁드립니다. 샘플 먼저 풀고 예약을 받아 두면 우리도 무리가 없으니까요."

"그건 문제없습니다."

"언제 다시 올까요?"

"내일 오시면 좋겠습니다."

"그러시죠. 내일 이 시간에 뵙겠습니다."

런정징이 일어섰다. 시원시원한 성격이었다.

그녀가 나가자 수화기부터 들었다. 추진진에게 확인을 했다.

―사기꾼 아니에요. 제가 보증하죠.

추진진의 답이었다. 우췬페이나 샹란에게는 확인하지 않았다. 돌다리도 두들기는 게 옳았지만 추진진을 믿지 못한다면 그들도 믿을 수 없기 때문이었다.

노트북을 당겨 마우스를 눌렀다. 향료 재고를 확인하는 것이다. 예상대로 향료가 부족했다. 특히 플로렌틴 아이리스와 베르가모트가 그랬다.

플로렌틴 아이리스의 품귀 현상은 익히 알려져 있다. 베르가모트 역시 10월 것은 구하기 어려웠다. 따로 조합을 할 수도 있지만 일단은 통로를 찾아야 했다.

글로벌 향료 회사와 향료 연구소 등지에 연락을 취했다. 다행히 메디치의 피미니시 측에서 한번 맞춰 보겠다는 말이 나왔다. 유럽의 향료 회사들도 이제 강토를 대놓고 무시하지는 못했다. 그들의 향료가 강토 향수에 들어가면 홍보거리가 되기 때문이다.

통화 중에 상미가 들어왔다.

"무슨 일?"

"잠깐만."

조 사장에게 마저 전화를 걸었다.

"10만 세트요?"

"네."

"현재 라인 가동 스케줄로 볼 때 한 달 정도면 가능합니다."

조 사장의 대답이 나왔다.

"대표님?"

상미의 궁금증은 그사이에 더 커졌다.

"배 실장."

"응?"

"신혼이라 바쁘지?"

"질문은 내가 먼저 했잖아?"

"그런데 더 바쁘게 생겼으니 어쩌지?"

"무슨 일인데?"

"방금 그 사람, 중국 유통 회사 부사장님인데 시그니처가 필요하대."

"시그니처? 그럼 특별히 바쁠 거 없잖아?"

"그게 추진진의 결혼식 시그니처 세트란 말이지."

"그럼 우쳔페이의 라이브 커머스처럼 몇백 세트가 아니고?"

그제야 뭔가 이상한 걸 눈치챈 상미가 시선을 가다듬었다. 강토가 그 눈빛에 대고 낭보를 전했다.

"시그니처는 시그니처인데 무려 10만 세트. 이 오더에 들어갈 향료는 그럭저럭 맞출 것 같은데 부가 업무들 말이야, 배 실장이 감당할 만하면 계약 준비하고 아니면 캔슬해 버리자고."

"악."

강토의 배포에 놀란 상미가 비명을 질렀다.

「pure Moon의 햇살마중」.

「밤에 뜬 wild Sun」.

무려 10만 세트 주문의 계약이 체결되었다. 대금 역시 계약

완료 직후에 입금이 되었다. 파격적인 계약이었다. 하지만 강토는 이 대박 계약을 대내외에 발표하지 못했다. 서나연 기자에게 자수하려던 순간에 걸려온 전화 한 통이 문제였다.

*   *   *

딸깍.

하우스의 문이 열렸다. 거실에 있던 두 사람이 일어섰다.

태홍과 남경수였다.

태홍의 의족은 보이지 않았다. 낡은 청바지 안으로 숨은 것이다. 경수는 그 옆에 있었다. 소매 깃을 걷어 올린 셔츠에 면바지 차림이었다.

"준비됐어?"

그들 앞에 선 강토가 물었다. 강토 표정은 어느 때보다 밝아 보였다.

"네."

두 사람이 동시에 답했다.

"금 실장."

강토가 신호하자 이린이 나왔다.

"향수 오르간 정리되었지?"

"네."

"모셔."

"네."

"시간은 2시간이야. 그 정도면 되겠지?"

강토가 읍선을 걸었다. 태홍과 경수, 정중한 예를 갖추고 이 린의 뒤를 따랐다. 문이 열리자 조향실이 나왔다. 오르간은 하나가 아니었다. 커다란 방 전체에 여섯 개가 놓인 것이다. 안에 있던 직원이 자리를 지정해 주었다. 태홍과 경수가 지정 석에 앉았다. 대각선으로 놓인 책상이라 서로를 의식하지 않 아도 되었다.

"오르간에 기본 향료들이 세팅되어 있어요. 그것으로 부족 하면……."

이린이 벽을 가리켰다. 한쪽 벽 전체가 향료였다. 정말이지 셀 수도 없이 방대한 양이었다.

"시작하세요."

이린이 시작을 알렸다.

의자에 앉은 태홍은 눈을 감았다. 솜사탕처럼 포근한 표정 이었다.

경수 역시 눈을 감은 채 검지와 중지로 이마를 누르며 생각 에 잠긴다. 자세는 다르지만 분위기는 비슷한 모습이었다.

이린이 밖으로 나왔다.

강토는 새로 나온 향수를 시향 하고 있었다. 모두 두 병이 다. 컬러는 밀짚색이었으니 여전히 그 어떤 첨가물도 넣지 않 은 것들이었다. 이 원칙만은 칼처럼 지키는 강토였다.

그런데.

시향 하는 강토 얼굴빛이 다른 때와 달랐다. 굉장히 뿌듯해 보인다. 게다가 평소보다 자주 전용 조향실을 돌아본다.

'또 새로운 영감을 작품으로 구현하셨나?'

이린은 괜히 흐뭇했다.

조금 후에 다인이 들어왔다.

"대표님."

"어, 권 소장."

"뭐야? 또 대박 터졌어? 얼굴 굉장히 좋아 보이네?"

"그래? 앉아."

강토가 소파를 권했다. 상미 역시 그리 늦지는 않았다. 다인의 앞에 앉으니 좌우 무게감의 균형이 완벽해졌다. 자타가 공인하는 강토의 오른팔과 왼팔이 자리를 잡은 것이다.

"……?"

상미 시선이 조향실로 향하더니 이린에게 눈짓 질문을 던졌다.

테스트 중?

끄덕.

이린의 답이었다.

이린의 시선이 세 사람을 바라본다.

다인은 여전히 향료 추출과 향 분자 개발을 맡고 있다. 그러나 규모가 달라졌다. 가의도에서 시작된 꽃 재배가 네 개의 섬으로 늘어난 것이다. 섬에서 가까운 육지에 첨단 향 연구소도 새로 지었다. 다인은 그 사업을 총괄하고 있었다.

외형만 늘어난 게 아니라 내용도 비약적인 발전을 이루었다. 지난해, 병원의 다목적 치료 향과 백화점 고객 유치 향에 이어 올봄에는 냄새 분자의 특허를 따냈다. 냄새 분자의 개발에 들어간 비용은 적지 않았지만 글로벌 향료 회사들이 앞다퉈 특허 분자를 주문하는 바람에 엄청난 이익을 냈다. 향수는 특허를 내지 않는다. 그러나 병원 치료 향과 냄새 분자는 특허를 내는 게 무조건 유리했다.

상미 역시 훌쩍 커진 신제품 개발과 마케팅 부분을 책임지게 되었다. 이제는 향수의 기획도 하고 강토에게 조언도 한다. 지금 강토가 시향 하는 향수도 상미의 제안으로 만들어진 것이었다. 후약으로 놀림감이 되었던 그녀는 이제 대한민국 모든 조향학과 학생들에게 선망의 대상이 되어 있었다.

두 사람 공히 직함도 변했다. 실장에서 소장이 된 것이다. 연봉이 1억을 넘은 건 2년 전 일이었다. 지금 두 사람의 연봉은 공히 3억에 육박하고 있었다.

둘의 변화는 당연히, 강토에게서 비롯되었다.

3년 전.

블랑쉬 하우스는 미친 도약을 했다.

중국으로 건너간 추진진의 시그니처 10만 세트의 역할이 컸다. 그 마중물은 유럽을 휩쓴 밀라노 패션쇼 향수였다.

거품 향수의 약진도 눈부셨다. 이제는 전 세계 특급 백화점의 기준처럼 되어 버린 거품 향수. 세기의 결혼식이나 빅 이벤트마다 요청이 들어오지 않는 곳이 없었다. 해방감의 해변 향수 역시 그 못지않은 전설이 되었다.

하지만 그에 앞서 이 쾌거의 발판이 되는 또 하나의 사건이 있었다. 이린의 기억이 그날로 돌아간다.

중국에서 온 런정진이 돌아간 그 순간.

상미에게 10만 세트의 쾌거를 전하려던 강토는 한 통의 전화를 받았다. 버킹엄 궁의 샤론 공주였다.

"공주님."

―닥터 시그니처.

"웬일이세요?"

―좋은 소식을 전해 드리려고요.

"좋은 소식? 제게요?"

―그래요. 바로 당신, 닥터 시그니처.

"오늘 여왕 폐하께서 제 칭찬이라도 하셨나요?"

―맞아요. 칭찬.

"고맙군요."

―그런데 그 칭찬 뒤에 부상이 붙었어요. 제가 폐하의 목소리를 녹음했는데 잘 들어 보세요.

"그러죠."

강토가 스피커 통화를 눌렀다. 그러자 여왕의 목소리가 또

렷하게 흘러나왔다.

「닥터 시그니처, 당신에게 영국 왕실의 공식 조향사의 명예를 드립니다. 제 인장의 사용을 허락하니 기쁘게 받기 바랍니다.」

"……?"

영어를 해독해 가던 상미가 굳어 버리는 순간이었다. 한두 단어 놓치기는 했지만 강토를 왕실 조향사로 인정한다는 이야기였다.

"대표님."

"잠깐만… 공주님."

강토가 저편의 공주를 불렀다.

─들으셨죠?

"네. 그런데……."

─파격적이라서요?

"네."

강토가 답했다.

영국 왕실의 인증은 절차라는 게 있었다. 보통은 5년 이상 물건을 대면서 그 품질의 뛰어남을 인정받을 때 인장 사용의 허락이 떨어진다. 물론 이 인증이 어떤 구속력을 갖거나 물건의 품질을 보증하는 것은 아니다.

팩트만 짚자면 단지 왕실에서 써 보니 품질이 좋고 잘 맞아서 계속 쓰고 있다는 뜻에 가깝다. 그러나 그걸 만든 기업이

나 장인에게는 엄청난 영광이 아닐 수 없었다. 더구나 강토는 5년 이상이라는 관습까지도 깨 버렸다.

이유는 역시 여왕에게 있었다. 오랫동안 향수를 뿌리지 못하던 여왕. 강토의 향수에 푹 빠지게 되었으니 관습 따위에 얽매이지 않았다.

—폐하께서도 요즘 닥터 시그니처의 향수를 입고 잠을 잔답니다. 물론 저도요.

"공주님."

—수락하시는 거죠? 폐하께서 답을 기다리거든요.

"영광입니다. 그 기대에 어긋나지 않도록 더 좋은 향수를 만들도록 하겠습니다."

강토는 공주의 목소리를 향해 예의를 갖추었다.

덕분에.

서나연의 보도는 10만 세트가 아닌 왕실 조향사에 핀트를 맞췄다. 중국에서의 대박도 중요하지만 영국 왕실 조향사라는 타이틀을 앞세워 강토라는 브랜드 가치를 몇 클래스 올려 버린 것이다.

그때부터 세계 향수 시장의 판도가 바뀌기 시작했다.

「블랑쉬 하우스」.

이 브랜드가 유명 백화점과 명품 진열대를 메우기 시작했다. 오래지 않아 세계 향수의 기준이 되었고 향수 시장의 주인공은 강토가 되었다.

추진진의 시그니처와 여왕의 레이어링 향수, 거기에 더불어 콸란시아 해변의 영감을 완성시킨 해방감의 바다 해변 향수가 폭발적인 신드롬을 일으킨 것이다.

여행을 떠나는 사람들에게는 필수템이 되었고 못 가는 사람들에게는 대리만족, 심지어는 노화로 병상에 누워 있는 노인들에게도 효자 상품이 되었다.

거기에 그린 시프레를 표방하는 배꽃 향수까지 빅 히트가 이어지면서 강토의 향수는 하나의 제국을 이루게 되었다.

이때 잠시 중국에서 사치품 자제령이 내려졌지만 강토에게는 오히려 호재였다. 강토의 향수만은 비공식적으로 수입을 묵인해 준 것. 다른 명품 향수들이 주춤하는 사이에 강토의 브랜드는 대륙에 뿌리를 내리고 말았다.

그해의 마지막 달에 유럽의 글로벌 향수 회사를 인수했다. 유럽의 백화점과 병원 등에 특허 향을 독점 공급하기로 계약한 다음 날이었다. 강토에게 신상을 부탁하는 대표를 만나 역제의를 한 것이다.

"그 회사를 제게 맡겨 주시죠."

대표는 강토의 제의를 거절하지 못했다. 퇴출 직전까지 몰렸던 그 회사는 유럽에서 강토 향수의 독점 공급권을 가지면서 회생을 했다.

변화는 한국 향수 시장에도 있었다. 강토 덕분에 조금씩 약진하던 한국의 향수 회사들. 그중에서도 아네모네와 양강을 이루던 코스몰도 강토 품으로 들어왔다. 강토와 아네모네 사이에서 시들어 가던 회사였다. 그러나 설비가 좋았으니 강토가 인수를 했다. 인수 발표만으로 코스몰의 주가는 1,600원에서 세 번이나 떡상을 칠 정도였다. 이후로도 등락을 거듭하더니 이제는 무려 6만 원대의 블루칩이 되었다.

대한 콜마도 상장이 되었다. 이 주식은 1만 원을 상회하고 있다. 경영은 여전히 조 사장에게 맡기고 있었다.

곧 이어 상규와 재은 등의 3기 멤버들이 도착했다. 이들은 이제 각 파트의 실장으로 실무를 주도하고 있었다.

"어때?"

초기 멤버들이 다 모이자 강토가 물었다.

"두 사람 실력, 굉장히 궁금합니다."

"저도요."

상규와 재은은 조금 달아올라 있었다.

남경수.

지보단을 우수한 성적으로 수료했다. 이후 지보단에 남았다. 그런 그가 2년 여의 실무를 거친 후에 강토를 찾아온 것이다.

"블랑쉬에서 일하고 싶습니다."

대학 동기였지만 깍듯했다. 그쯤 태홍도 스타니슬라스의 조련을 마치고 귀국을 했다. 그라스 유수의 퍼퓨머리로 꼽히는

프라고나르, 갈리마드, 몰리나르에서 스카우트 제의를 했지만 태홍은 돌아보지 않았다.

"제 향수의 꿈은 출발도 닥터 시그니처였고 끝도 닥터 시그니처입니다."

태홍의 각오를 들은 스타니슬라스는 두 번 다시 묻지 않았다.

둘은 여러 향수 관련지에 주목받는 신인으로 소개되기도 했다. 경수는 지보단에서도 입지가 좋았다. 연차는 짧았지만 준수한 신상을 두 개나 내며 주목을 받았던 것.

강토가 봉투 두 개를 꺼내 놓았다.

그걸 본 멤버들의 목으로 마른침이 넘어갔다.

안에서는 두 사람이 경쟁을 하고 있다. 그러니까 저 봉투 중의 하나에는 불합격이라는 글자가 찍혔다. 그렇지 않고는 경쟁시킬 이유가 없었다.

이제 명실 공히 세계를 대표하는 향수의 제왕. 그가 공식적으로 던진 과제는 무엇일까?

그건 준비를 도운 이린도 알지 못했다. 하지만 굉장히 어려운 테스트일 거라는 것만은 확실했다.

1시간이 지나자.

놀랍게도 태홍이 먼저 나왔다. 이마는 땀으로 홍건했지만 웃고 있었다. 그가 강토 앞에 향수를 내려놓았다. 강토가 직접 시원한 향 차를 따라 주었다. 태홍의 어깨에 강토 손이 올라간다. 뜨거운 격려였다.

15분쯤 후에 경수도 나왔다. 그는 이마보다 등짝 전체가 젖었다. 그에게도 향 차가 건네졌다.

두 개의 향수가 강토 앞에 놓였다.

그걸 바라보는 멤버들은 피가 타는 것만 같았다.

강토는.

태홍의 향수를 시향지에 뿌렸다. 강토 몫까지 여덟 개. 그런 다음 멤버들에게 돌렸다. 모두가 미친 집중력으로 시향을 한다. 그 어떤 명품을 감상할 때보다 진지한 것은 이들 중의 하나가 밀리언셀러이자 왕실 조향사인 강토의 날개를 떠받칠 역할을 맡을 것이기 때문이었다.

스슷.

두 번째 향수가 블로터를 적셨다. 조금 늦게 나온 경수의 작품이었다.

두 개의 향은.

거의 똑같았다.

쾌활하면서도 신성하다. 조금 더 디테일하게 들어가면 장미와 제비꽃에 깃든 은은하고 촉촉한 삼나무 향, 그리고 헤나와 수지, 미모사 등에서 피어오르는 신성함이 절정의 어코드를 이루고 있었다.

과제가 뭔지는 모르지만 둘은 같은 답을 낸 것이다.

"우 선생."

강토의 지명이 태홍을 겨누었다.

태홍이 메모를 공개했다.

「농부르 띠미드+카이피」

"남 선생."

경수도 지목받기 무섭게 메모를 깠다.

「카이피+농부르 띠미드」

"……!"

멤버들이 소스라쳤다. 두 사람의 답이 같아서가 아니었다. 카이피도, 농부르 띠미드도 고난도의 재현에 속한다. 이린과 상규, 재은 등도 몇 번 과제로 받았었지만 한 번도 성공하지 못했다. 심지어는 강토가 포뮬러를 제공해도 제대로 된 향이 나오지 않았던 그 향수들.

멤버들의 시선이 강토에게 돌아간다.

과연.

강토는 농부르 띠미드와 카이피 향수의 재현을 테스트로 삼은 걸까? 하나만 내도 어려울 판에 두 개를 믹싱?

푸헐.

상상만으로도 몸서리가 쳐졌다.

"……!"

오랜 침묵 후에 강토가 천천히 입을 열었다.

"답은 맞아. 농부르 띠미드와 카이피의 향을 섞어 놓았어."

"……!"

"하지만 어코드는 조금 다르게 나왔군. 우 선생 것은 서두르고 있고 남 선생 것은 너무 신중해."

강토가 평을 내놓자 태홍과 경수의 표정이 굳어 버렸다. 둘은 알고 있다. 그들이 재현한 향이 만족스럽지 않다는 것. 강토가 볼 때 경수는 약 80% 정도 구현했고 태홍은 70% 정도 구현했다. 보통의 조향사라면 50% 미만이었을 것이니 그것만 해도 굉장한 실력이었다.

"우 선생이 우리 하우스로 오려는 사연은 알고 있으니 건너뛰고……."

"선생님……."

태홍의 눈이 뜨겁게 반응한다.

선생.

호칭만으로도 이미 강토는 태홍을 인정하고 있었다.

"우리 남 선생은 왜? 유럽에서도 주목받는 인재인데."

강토의 질문이 경수에게 넘어갔다.

"맞습니다. 한국을 떠난 후에 미치도록 노력을 했죠. 다시 대표님을 만나면 꿀리지 않으려고 말입니다. 그 덕에 지보단에서 만난 각국의 별들을 따돌리고 우수한 성적으로 과정을 마쳤어요. 지보단에서도 최고의 대우로 받아 주었고요."

경수의 설명이 나오자 모두가 촉각을 세웠다.

"운이 좋아서인지 신상으로 만든 두 작품도 괜찮은 반응을 얻었습니다. 그러던 어느 날 총괄 매니저가 저를 부르더군요.

그분이 향수 두 개를 내놓았습니다. 해방감의 바다 해변 향수와 새로운 감성의 그린 시프레. 바로 대표님의 대표작들이었습니다."

"……."

"당분간의 향수 시장은 그런 이미지로 갈 거라고 하면서 완벽한 분석과 함께 그에 필적할 만한 향수를 만들어 보라고 하더군요. 그때 알았습니다. 거기서는 더 이상 배울 게 없다는 걸. 그래서 미련 없이 사표를 던지고 한국으로 돌아온 겁니다."

"도박이군. 우리 하우스에 자리가 없을 수도 있는데?"

"기다릴 생각이었습니다. 부족하면 채우고 노력하면서……."

"우 선생은? 남 선생 말 들으니 어때?"

강토가 태홍에게 물었다.

"떨리네요. 이런 분을 만나 경쟁하게 될 줄은 몰랐습니다."

"열어 봐."

강토가 미리 준비한 봉투를 그들 앞으로 밀었다.

─태홍 앞에 봉투 하나.

─경수 앞에 봉투 하나.

두 봉투는 두 사람이 기량을 겨루기 전부터 준비가 되었다. 그렇다면 강토의 결정은 이미 나 있었다는 뜻이었다.

봉투를 여는 태홍의 손이.

경수의 손이.

격하게 떨렸다.

그걸 지켜보는 멤버들도 조바심으로 입이 타들어 갔다.

담담한 건 오직 강토뿐.

*   *   *

경수가 먼저 봉투를 열었다.

「블랑쉬 하우스의 멤버가 된 걸 축하합니다.」

글자가 나왔다.

"……!"

경수 눈동자가 출렁이는 게 보였다. 유럽에서도 나름 대우
받던 그조차 확신하지 못하고 있었다는 뜻이었다. 멤버들의
시선도 아뜩함이 스쳐 간다. 두 개의 봉인 가운데 하나가 풀
렸다. 그렇다면 태홍의 것은? 불합격?

"에헷, 역시 지보단에서도 잘나가는 분은 넘보기 힘들군요.
하지만 다시 노력해서 도전하겠습니다."

봉투를 열려다 멈춘 태홍, 얼굴을 붉히며 일어섰다. 조향사
가 되기 위해 좌절 따위는 찜 쪄 먹어 버린 태홍. 그런 그도
팩트 앞에서는 별수가 없었다.

꾸벅.

강토에게 정중한 예의를 갖춘다. 이어 멤버들에게도 꾸벅.

그런 다음 가방을 챙겨 들고 문으로 향하는 태홍이었다.

'하, 씨…….'

상미와 이린의 눈에 애절함이 스쳐 갔다. 경수보다는 태홍에게 애정이 있었던 상미. 그러나 강토의 결정에 이의 따위는 제기할 수 없었다.

"우 선생."

침울한 분위기를 깨고 강토 목소리가 나왔다.

"저 괜찮아요. 대신, 또 기회 주셔야 해요."

문 앞의 태홍이 대답했다. 애써 태연한 목소리였다.

"그래도 봉투는 열어 보고 가야지."

"……."

"그래야 진정한 승복 아니야?"

"그렇네요."

강토 말에 공감한 태홍이 봉투를 열었다.

"……?"

글자를 읽은 태홍, 몸서리와 함께 종이를 놓쳐 버렸다. 그걸 재빨리 다시 집어 든다. 그러더니 이번에는 벽에 기대 넋을 놓았다.

"태홍아……."

상미가 다가선다.

"소장님."

태홍은 떨고 있다. 그 등을 두드려 주던 상미 눈에 종이의 글자가 보였다.

"……?"

상미 촉이 벼락처럼 반응했다. 그 종이에 쓰인 글자는… 상미가 재빨리 경수의 봉투를 돌아본다.

「블랑쉬 하우스의 멤버가 된 걸 축하합니다.」

"대표님?"

상미가 강토를 바라본다. 태홍과 경수, 둘의 봉투에 쓰인 글자는 같았다.

짝짝.

강토가 일어나 박수를 쳤다. 모두가 그 박수 소리의 포로가 되어 버렸다.

"우 선생."

"대표님……."

"우리 멤버가 되어 줄 거지?"

"이거……."

"거절하면 내가 속상한데?"

"대표님… 이거 현실인가요?"

"그럼."

"제가 블랑쉬의 조향 멤버가 되는 건가요?"

"그럼."

"저기 남 선생님이 합격을 했는데도요?"

"그럼."

"그러니까… 이 종이에 쓰인 글이 틀림이 없다는 말이죠?"

"그럼."

"으아압."

그제야 절규에 가까운 함성을 터뜨린 태홍이 강토 품을 파고들었다.

"고맙습니다. 고맙습니다. 대표님."

태홍은 절규했다. 미친 감격으로 떨리는 절규였다.

짝짝.

멤버들과 경수의 박수가 쏟아진다.

"남 선생."

강토가 경수 손을 잡는다.

"한국으로 돌아온 거 환영해. 우리 힘을 합쳐서 유럽으로 기울어진 조향의 축을 코리아로 돌려보자."

"기꺼이."

"우 선생, 동참할 거지?"

"저도 기꺼이요."

"그런데… 어떻게 된 거죠?"

경수가 두 봉투의 비하인드 스토리를 물었다.

"실은 처음부터 두 사람 다 품을 생각이었어. 하지만 그렇게 하면 좀 심심할 거 같아서 미션을 준 거지. 우리 멤버들 앞에서 실력 발휘할 기회 말이야."

"아……."

"뭐야? 우리까지 감쪽같이 속이고… 나 임신 중인데 이렇게 충격받으면 태아에게 안 좋은 거 몰라?"

씩씩거리던 상미가 천기누설을 했다.

"앗, 배 소장님 임신이세요?"

이린이 물었다.

"그래. 나도 후각 좋은 2세 낳아서 블랑쉬에 취업시키게 많이 응원해 줘."

"앗, 그건 제 꿈인데요?"

"금 실장, 너는 결혼이나 하고 말해."

"소장님, 요즘은 결혼 안 하고도 애 낳을 수 있어요."

"그러냐? 그거 미리 알았으면 나도 그쪽으로 가는 건데."

"왜요? 벌써 권태기예요?"

"그런가 봐. 이 인간이 일에 미쳐서 도통 챙기지를 않네. 어제도 산부인과 갈 때 나 혼자 갔단 말이야."

상미가 귀여운 푸념을 늘어놓는다. 덕분에 분위기를 일신하는 하우스였다.

"금 실장."

웃음이 그치자 강토가 이린을 지명했다.

"네, 대표님."

"뭐 해? 사진 찍어서 보도 자료 뿌려야지. 우리 블랑쉬에 최정예 멤버가 두 명 합류했다고 말이야. 저번처럼 서나연 부장님과 장규희 국장님 빼먹지 말고."

"알겠습니다. 대표님."

이린이 카메라를 집어 들었다.

찰칵, 찰칵.

서터 소리는 달콤한 아몬드 향에 더해진 티무트 페퍼처럼 상큼달콤했다.

*　　　　*　　　　*

간단한 다과가 펼쳐졌다.

"이야, 이게 누구야? 남경수?"

착석하기 무섭게 준서 목소리가 들려왔다. 오늘의 이벤트를 아는 그가 달려온 것이다.

"준서 형."

경수도 반색을 했다.

"우리 과 부동의 에이스, 유럽에서도 에이스로 등극했다고?"

"에이, 찐 에이스는 우리 대표님이었죠. 저는 설레발이었고."

경수가 겸손하게 말했다.

"아니야. 경수는 우리 과 에이스 맞아. 닥터 시그니처는 그냥 천재였던 거고."

"형은 어때요? 쇼콜라티에 하고 계세요?"

"어? 남 선생이 우리 이사님 소식 모르네?"

상미가 대화에 들어왔다.

"미안. 내가 밤낮으로 조향 오르간에 매달려 살다 보니……."

"우리 준서 오빠 가리온스위트의 개발 이사님이셔. 그동안 국제 대회도 여러 차례 휩쓸었고."

"진짜?"

"퍼퓸스위트하고 아이리스홀릭 몰라? 미국하고 영국의 최고급 백화점에만 들어가는 명작 초콜릿인데?"

"어? 그러고 보니 우리 이그제티브 조향사님 신작 발표회에서 선물로 받은 것 같기도 하고……."

"먹어 봤다니 영광인데?"

준서가 웃었다.

"그러는 동안 우리 속 좀 제대로 긁긴 했지."

상미는 노골적인 눈치를 날리며 우정을 과시했다.

"미안하다. 그래서 오늘도 신제품 좀 가져왔다. 먹고 품평좀 부탁한다."

준서가 초콜릿을 꺼내 놓았다.

"와아아."

이린을 포함한 멤버들이 환호한다. 준서의 초콜릿은 언제나 이런 대우를 받았다.

"오빠, 초콜릿 말고 이제 신부를 좀 데려오세요."

상미의 핀잔이 날아간다. 그 핀잔조차 우정이 가득했다.

"아무튼 남경수, 지난 이야기 좀 들어 보자. 유럽 생활은 어땠어?"

경수 옆에 앉은 준서가 이야기를 이어 갔다.

"흥미진진이었죠. 촌놈 남경수의 유럽 진출기……."

"어떻게?"

준서가 조금 더 다가앉는다.

"돌아보면 대표님과의 만남이 엄청난 재산이었어요. 방구석 에이스로 군림하던 채로 거기 갔더라면… 생각만 해도 아찔합니다."

"애들이 그렇게 쟁쟁해?"

"프랑스와 이탈리아, 영국, 러시아 등지에서 온 친구들인데 애들은 향에 대한 기본기가 몸에 배어 있었어요. 저하고는 차원이 다르다고요."

"그 정도야?"

"특히 그라스와 피렌체에서 온 두 명은 입학부터 이미 조향사급이었죠. 정말이지 기가 죽어 미치겠더라고요. 초기에는 그냥 접고 돌아갈까 싶었어요."

"우와."

"그래도 다행히 우리 대표님급은 아니더라고요. 게다가 대표님이 양보해 준 자리였잖아요. 남경수, 여기서 포기하면 죽도 밥도 아니다. 그냥 여기서 죽자 하고 결심했어요."

"……."

"불어부터 다시 시작했죠. 그 후에 Perfume and flavor chemicals를 구해다 처음부터 공부했어요. 향에 대한 접근법도 바꾸었고요. 막연히 외워서 기억하는 게 아니라 본질을 찾아 들어간 거죠. 그랬더니 이 양이 너무 방대한 거예요. 한 6개월 동안 미쳐 버리는 줄 알았죠. 다행히 그때 미치지 않고 버텼더니 가을부터 체계가 잡히더라고요. 그해 겨울에 처음으로 그 두 명의 에이스를 따라잡았어요."

"허얼."

Perfume and flavor chemicals는 대표적인 조향 원서의 하나다.

"이후로 우리 셋은 치열한 경쟁 구도를 이루었죠. 덕분에 팽팽한 긴장감 속에서 실력을 배양할 수 있었어요. 아, 참고로 말하면 제가 한국으로 돌아간다고 했더니 그 친구들도 블랑쉬 하우스에서 일하고 싶다고 하더군요. 대표님이 필요하다면 제가 데려올 수 있습니다."

"역시 에이스네. 인재 두 명까지 확보해 주고."

경청하던 강토가 엄지를 세워 주었다.

"은비는? 아직 연락해?"

준서가 반가운 이름 하나를 꺼냈다. 또 다른 에이스의 한 명이었던 강은비……

"은비는 일본 유학 갔잖아요? 향료 학원 수료하고 그쪽 계열의 향료 회사에 들어갔다고 들었어요."

"그냥 듣기만 한 거야?"

상미가 슬쩍 간보기에 나선다.

"응?"

"둘이 사이 좋았잖아? 졸업 후에 진도 안 나갔냐고?"

"왜 이러셔? 은비는 일본의 베테랑 조향사랑 사귀고 있거든."

"차였어?"

"아, 진짜… 은비랑 나랑 그런 사이까지는 아니었거든? 그냥 같은 스터디 하다 보니 자주 만난 여자 사람 친구!"

"으음, 정색하는 거 보니 수상한데?"

"배 소장님."

"그리고 우 선생."

눈빛 공세를 태홍에게 바꾸는 상미.

"네?"

"우 선생은?"

"뭐가요?"

"파리의 베티 말이야."

"……?"

"이실직고 안 해? 아니면 블랑쉬에서 생활하는 데 고단할 줄 알아."

"얘, 또 시작이네. 결혼하더니 아주 노골적으로 갑질이야."

다인이 상미의 등짝을 후려쳤다.

"베티하고야 친구죠. 아시면서 뭘 물으세요?"

"그냥 친구?"

"제가 블랑쉬에 합격하고 첫 번째 작품 내면 프러포즈하기로 했어요. 됐어요?"

"어머, 그럼 우 선생 오늘 떨어졌으면 베티한테도 차이는 거였어?"

"그렇네요?"

"대표님, 혹시 미리 알고 구제하신 거?"

상미의 눈총이 강토에게로 향했다.

"미안, 내가 관심법까지는 쓰지 못하거든. 또 사생활을 향수하고 연관시키고 싶지도 않고."

강토는 상미의 공세를 가볍게 피해 갔다.

"아오, 배 소장 집요한 거 보니 안 되겠다. 이쯤에서 자수해야지."

다인이 테이블을 치며 이목을 집중시켰다.

"권 소장, 앤 생겼어?"

상미의 촉이 즉각 반응을 한다.

"그래. 생겼다. 왜?"

"누구?"

"오빠가 말해. 어차피 언젠가는 밝힐 일이었잖아?"

다인의 눈빛이 준서를 겨누었다.

"준서 오빠?"

감을 잡은 상미가 자지러진다.

"아, 참… 그래. 우리 사귄다. 지금 초콜릿 몇 개 특허 올린 거 알지? 그거 특허 떨어지는 대로 결혼할 예정이야."

"우워어, 이것들이 그러면서 그렇게 내숭을 떨었단 말이야?"

상미가 콧김을 뿜었다.

"미안, 미안… 그런데 우리 대표님은?"

화살은 결국 강토에게까지 날아갔다.

"나?"

"메리언, 그리고 달빛 향수. 다른 건 다 승승장구에 쾌속 순항인데 두 가지만 지지부진이야. 뭐, 향수야 워낙 필생의 역작을 만든다니 그럴 수도 있다지만……"

"흐음, 이거 왠지 물귀신 작전 같은데?"

"아니거든. 궁금해서 그래. 아무리 미국과 한국에 떨어져 살고 미친 듯이 바쁘다지만……"

"달빛 향수가 그거입니까? 대표님이 몇 년 동안 심혈을 기울이고 있다고 소문난?"

경수가 물었다.

"그게 유럽까지 소문났어?"

"좀 그렇죠? 로베르토가 쓴 뉴욕타임스의 칼럼에서 본 것 같아요. 우리 시대의 역작을 기다리고 있다는 말. 대표님이라면 그럴 수도 있겠다 싶었는데 진짜인 모양이군요. 궁금한데요?"

"저도 한 표 투척합니다."

태홍도 거들고 나선다.

그러자 멤버들이 일제히 손을 들며 공세 수위를 높였다.

"헐, 남 선생하고 우 선생이 출근하면 천천히 공개할까 했는데 분위기 보니 지금 해야겠네?"

강토가 목청을 가다듬자 모두의 이목이 쏠렸다.

제6장

—

역대급, 그 이상의 향수

"잠깐만."

강토가 전용 조향실로 들어갔다. 이제 강토의 조향실은 다섯 곳에 있었다. 하나는 남산의 다락방이다. 아, 참고로 말하자면 이제는 할아버지의 신혼방(?)이다. 두 분은 작년에 합체를 했다. 강토는 하우스에서 조금 떨어진 청진동의 한옥을 인수해 독립을 했다. 그때 다락방을 정리하려 했지만 할아버지와 할머니, 그러니까 방 시인의 저항에 부딪혔다.

"그냥 두면 안 될까?"

어쩌다 다락방이 생각나면 찾아오고, 손님들이 오면 강토의 자취를 자랑하겠다고 했다. 나쁘지 않은 것 같아서 수락을 했다.

두 번째 오르간은 여기 하우스에 있다. 세 번째는 독립한 집 안에 있고 네 번째는 가의도의 향 연구소, 마지막 하나는 본사 실험실에 자리를 잡았다. 어디서든 영감이 떠오르면 향을 스케치하기 위해서였다.

가장 애착이 가는 건 이 하우스의 오르간이었다.

―처음으로 마련한 정식 향수 오르간.

―동시에 그동안의 히트작 거의 전부를 만들어 낸 오르간.

그렇기에 중요한 영감이 떠오르면 이 오르간을 찾는 강토였다.

숙성실의 문을 열고 알루미늄 병 하나를 꺼냈다.

아침에도 확인한 병이었다.

그때 강토 가슴은 둥근 만월처럼 부풀었다. 그 설렘을 달래기 위해 경복궁 산책을 하고 오니 태홍과 경수가 와 있었다.

뚜껑을 열고.

잠시 기다린 후에 후각을 집중했다.

흐음.

단숨에.

주변의 숨결을 빨아들인다.

얼마가 지나자 강토 얼굴에 달무리 같은 미소가 피어오른다.

좋았어.

아침보다도 미세하게 좋아졌다.

슷스슷.

이번에는 시향지 두 개를 향에 적셨다. 허공에 흔들어 공기

속에 퍼뜨린 후에 코를 가져간다.

아주 좋았어.

느낌 제대로였다. 은은한 달빛이 풍성해지고 있는 것이다.

A급 향수는 변하지 않는다. 하지만 최고의 향수는 그 수준을 넘어 시간과 함께 익어간다. 반면, 허접한 향수들은 반대의 길을 간다. 좋은 향에서 나쁜 향으로.

최고의 향수로 기억되려면 잔향, 확산, 명료함 등의 완벽한 어코드에 더해 시간까지 품어야 했다. 시간이 또 하나의 재료가 되는 것이다.

그러나 이전의 달빛 향수들은 한계가 있었다. 처음에는 기대감이 솟지만 시간이 지나면, 강토가 생각하던 방향에서 미세하게 어긋났다. 그 결과 초기에 만든 수십 가지 달빛 버전들은 스러지는 달빛의 느낌을 떨칠 수 없었다.

강토 입가에 미소가 피어오른다.

이제야 밝은 달을 품은 것이다.

그 미소를 안고 또 다른 서랍을 열었다. 멋진 향수 용기가 나왔다. 초승달보다 살짝 살이 오른 디자인의 용기다. 몸통에는 빗살무늬가 들어갔고 뚜껑은 토끼 형상을 닮았다.

석은결.

강토 향수 보틀의 전용 공예가 이름을 떠올린다. 그의 회심작이다. 강토의 주문이 묵직했던 것이다.

"19세기 최고의 세공가 랄리크의 목신의 키스를 뛰어넘는 보틀이 필요합니다."

강토가 명시적으로 날려 준 화두는 하나였다.

「달빛」

그는 이제 완숙한 공예가가 되어 있었다. 뉴비 때처럼 네다섯 개의 시안을 들고 오지 않았다. 양으로 승부하는 건 강토의 스타일이 아니기 때문이었다.

그날이었다.

달빛 향수에 대해 32번째 실망하던 날.

이번에는…….

…하고 벼르던 달빛 향수의 잔향이 마음에 걸려 구석으로 밀어놓던 그날.

석은결이 새 디자인의 향수 보틀을 들고 왔다.

"……."

강토가 얼어붙었다. 강토가 원하던 그것이었다. 시작은 강토가 몇 년이나 빨리 했지만 향수 용기가 향수보다 먼저 나오고 말았다.

그게 바로 이 용기였다.

반달의 기하학적 볼륨감에 캐릭터화된 옥토끼 모양의 뚜껑. 둥근 형태에 기하의 곡선감이 주는 매력에 더한 빗살무늬의 디자인이 강토를 자극했다.

뚜껑의 기원은 전설의 옥토끼.

그것이었다.

강토는 혁신에 몰입되어 있었다. 기존의 향료를 새롭게 해석하는 것. 모든 조향사들이 꿈꾸는 조향법이었다. 실제로 강토는 많은 향수에서 그걸 이루었고 엄청난 주목을 받았다.

천연 향만으로 이룬 향수를 시작으로 천연과 합성의 조화에 이어, 온리 합성 향만으로 만든 향수까지 망라했다.

그렇기에 달빛 향수의 구성에서도 향료의 혁신적인 해석을 중시했다.

하지만.

석은결은.

과거에도 현재에도 얽매이지 않았다. 실제의 달과 전설을 기하학적 형태로 승화시켜 기발한 용기를 탄생시킨 것이다. 그 기반은 직관이었다.

어느 날.

심혈을 기울여 만든 보틀이 마음에 들지 않았다. 도예가들이 그렇듯 그도 보틀을 박살 내 버렸다. 미련을 버렸다. 그걸 주무르면 또 비슷한 디자인이 나오기 때문이었다. 그때 박살난 유리의 결이 해답을 주었다. 그 결에서 빗살무늬를 떠올린 것이다. 결국 그는 자신의 직관에서 명작을 길어 냈다.

직관.

그것은 곧 강토의 주 무기이기도 했다. 달빛을 빚는다는 부담감 때문에 살짝 잊고 있었던 모양이었다.

달빛 향.

가장 간단한 건 달에 유지를 발라 냄새를 채취하는 것이다. 그건 불가능했다. 하지만 꽃 중에는 달빛으로 불리는 것도 있었다. 너무 뻔한 것 같아 돌아보지 않던 그것들.

낮달맞이꽃과 재스민을 돌아보았다.

그중에서도 '숲의 달빛'으로 불리는 향료의 바이블 재스민.

재스민 없이 완성되는 향수는 없다는 말을 모르는 건 아니었다. 하지만 피렌체에서의 첫 영감이 너무 강했다. 그렇기에 영감 속에 떠오른 은매화와 빅토리아 연꽃에만 매몰되어 있었다.

"······."

재스민 향료 하나를 테스트 향에 떨어뜨려 보았다.

떨어뜨리고 보니 하필 저급한 향이었다.

'최고급 삼박재스민으로······.'

버리고 다시 만들 생각으로 비커를 잡았을 때였다.

"······!"

강토 눈이 휘둥그레졌다. 감성 충격이 온 것이다. 그것도 저급한 재스민에서.

순간.

스타니슬라스에게 들은 명작 향수의 탄생 비화가 떠올랐다.

그 조향사의 영감 또한 거창했다. 샤넬 NO.5에 버금가는 대표작을 만들 생각으로 전력을 했다. 그러나 명작은 요원했다. 최고의 향료를 다 동원해도 마찬가지였다.

상심한 그.

석은결과 같은 길을 갔다.

GG를 선언하며 허접한 향료를 테스트 향에 쏟아 버렸다. 향을 망쳐 버리고 새로운 길을 찾으려던 생각이었다. 바로 거기서 명작의 길을 찾았다.

진리는 먼 데 있지 않았다. 그가 쓰던 최고급 향료에 비해 1,000배 이상 싼 가격의 허접한 합성향료.

그게 비결이었다.

조향사라면 웃을 수 없는 일이었다. 향수의 신비감을 위해 불순물이 섞인 저급한 향료를 사용하는 건 비일비재한 일이기 때문이었다.

B급 재스민 향료를 총동원했다. 다 좋은데 어코드가 불안정했다. 달빛은 은은하다. 달무리처럼 은은한 효과가 필요했다. 순박한 인동이나 치자와 믹싱을 할까?

'아니지.'

강토의 시선이 한국 향료로 움직였다. 재스민 향을 내는 한국의 백화등 향료였다.

이걸로 재스민 향을 내면 제라늄 버번으로 내는 장미 향처럼 느낌이 새로울 수 있었다. 나아가 한국 향료에 대한 어필도 가능하다. 초기와 달리 이제는 가의도를 중심으로 추출한 한국 향료를 두루 사용하는 강토였다.

첫 대체 향은 갓 수확한 백화등에서 추출한 향이었다. 갓 추출한 꽃의 향이 더 가볍고 신선하기 때문이었다. 괜찮았다. 저급한 향을 골라 쓰니 조금 아쉽던 향조가 안정된 것이다.

확신을 잡은 강토가 본격 조향에 나섰다. 은은하고 투명한 달빛을 위해 고대 수도사들의 카이피 제법을 접목시켰다.

맑은 달빛 아래에서 향 추출을 했다. 백화등 향을 태워 주변 공기까지 백화등 향으로 세팅을 했다. 유지는 B급을 썼다.

그렇게 얻은 에센스와 콘센트레이트, 앱솔루트 향을 따로 취해 하나로 만들었다. 미묘한 차이까지 통합시킨 것이다.

그 향료를 떨구자 이전의 스케치들보다 나은 어코드가 나왔다. 강토 피가 후끈 달아오른다. 그래도 만족은 아니었다. 지금 강토가 원하는 건 향수사에 길이 남을 역작이었다.

사진을 펼친다. 강토가 모아 온 달무리 사진들이었다. 직접 찍은 것도 있고 인터넷에서 구한 것도 있었다.

달무리는 맑고 은은하다. 뜯어보면 투명하게 푸른 은빛이다. 그러고 보면 막막한 것들에는 푸른빛이 깃들어 있다. 하늘이 그렇고 바다도 그렇다. 심지어는, 저 붉은 태양의 하늘에도 푸른빛이 있었다.

메틸 다이하이드로재스모네이트.

두 번째 병을 꺼내 들었다. 이 또한 고귀하게 비싼 향료는 아니었다. B급 재스민에서 얻은 영감의 진행이었다.

뽁.

뚜껑을 열자 가볍고 신선한 향이 밀려 나온다.

합성 재스민 향이다. 향만으로 따지면 재스민보다 가볍고 신선한 느낌이었다. 그러나 가볍다. 깊이가 없는 것은 모든 합성 향의 단점이었다.

베티베르를 녹여 둔 비커에 미량 적하했다. 베티베르의 신비로운 기운으로 씻어 주는 것이다. 그린 페퍼와 워터 노트도 섞었다. 그린 페퍼는 초록의 풋 향을 살려 준다. 변조제와 함께 푸른 이미지의 강화였다. 이게 들어가자 믹싱된 향수에 들었던 시더우드의 여운이 더 길어졌다. 마치 달무리가 선명해지듯이.

마지막은 버텔런이었다. 버텔런은 플로렌틴 아이리스처럼 향을 깨끗하게 정화한다. 달빛은 한 번 더 투명하게 변신했다.

비커를 바라보았다.

안에 들어간 향료들은 하나하나 악기가 되었다. 비커 속에서 연주가 시작된다.

언제부턴가 강토는.

이 테스트 향에서 음악 소리를 들을 수 있었다. 강토가 원하는 건 드뷔시의 달빛이었다. 그러나 많은 테스트 향들은 베토벤의 월광 소리를 냈다. 그 음악은 아름답지만 강토가 원하는 건 아니었다.

향의 소리들이 드뷔시의 달빛 선율을 닮아 간다.

달빛에 살이 오른다. 적어도 반달에 가까웠으니 지금까지 구현한 달빛 중에서는 가장 좋았다.

하지만 반달이다.

이걸 넘어야 하는데.

결국 또 막혀 버렸다.

강토 시선이 기존의 테스트 향으로 돌아간다.

이 향들 역시 초승달 내지는 반의반 달에 불과했다.

여기까지가 한계인 걸까?

대박 행진과 왕실 조향사 같은 명예에 너무 취했던 걸까?

'미련을 버리고 다시 만들 각오로 임했더니⋯⋯.'

석은결의 말과 유럽 조향사의 명품 탄생 비화가 겹쳐 왔다.

초승달과 반의반 달, 그리고 반달⋯⋯.

기왕 이렇게 된 거.

한번 다 섞어 봐?

새로 만든 향에 넜을 놓다가 테스트 향에다 부어 버렸다.
무의식이 직관의 인도에 따른 것이다.

순간.

각각의 향조들이 소리 없는 아우성으로 자지러졌다. 따로
따로 만들어진 달빛 향들의 난폭한 혼합. 어떻게 보면 향조에
대한 폭력이었다.

"⋯⋯?"

잠시 황당했다. 그나마 아른거리던 초승달과 반의반 달마저
도 보이지 않았다.

반달로 만족해야 했던 건가?

한숨이 깊을 때였다. 구름 사이에 가려진 달이 드러나듯, 향 속에서 광채가 아른거리기 시작했다.

결국 직관이 옳았다. 불안정한 시간이 지나자 은매화와 빅토리아 연꽃, 삼나무가 주로 들어간 초기의 스케치와 백화등과 메틸 다이하이드로재스모네이트가 주를 이룬 테스트 향이 신묘한 조화를 이루며 달빛 광채를 부풀린 것이다.

아직은 불투명한 달빛.

월광의 선율 사이사이에서 '드뷔시의 달빛'이.

다라랑.

아련하고 아련하게 흘러나왔다.

"……"

숨을 죽이고 집중했다. 이 순간만은 상어나 뱀장어의 후각이 아니라 후각 불패로 불리는 나방의 것에 근접했다.

달무리에 가려진 달.

그걸 건져 내야 했다.

저 달이 다 사라지기 전에.

베티베르, 흰색 감귤, 프레시한 아쿠아, 그리고… 블루벨.

몇 가지 향료가 더해졌다.

블루벨은 청초한 이슬 향을 낸다. 밤은 역시 습기와 가깝다. 그렇기에 달빛 맑은 가의도의 작은 폭포 소에서 추출한 향도 원료로 써보았던 강토……

그러자.

달과 달무리가 나뉘듯 넣을 것과 뺄 것이 명료하게 보였다.

'바로 지금.'

강토 손이 신들린 듯 움직였다. 달과 달무리, 월광과 드뷔시 달빛의 음표를 구분해 내는 것이다.

톡톡.

뺄 것은 빼고 더해야 할 향료를 더했다. 그리고 할아버지가 캔버스에 마지막 하이라이트를 찍듯 마무리 향을 떨구었다. 그 과정이 끝나자 숨도 쉬지 않은 채 비커의 목에 마개를 찔러 버렸다.

후우.

그제야 가쁜 숨을 고른다.

한동안 넋을 놓고 있었다. 어쩌면 몇 시간이 흘렀는지도 모른다. 그 후에 비커 뚜껑을 열고 블로터를 넣었다. 손이 떨렸다. 정말이지 가슴 졸이는 시향의 순간이었다.

"······?"

향을 더듬던 강토가 미친 듯이 반응했다. 강토는 보았다. 비커에 아롱지는 달무리. 그 달무리를 벗기고 나온 건 강토가 염원하던 영롱한 보름달이었다. 그믐달과 초승달, 반의반 달을 오가던 영감이 결국 결실을 본 것이다.

그토록.

강토의 애를 끓게 하던 1%의 아쉬움.

마침내 만월 달의 향으로 떠올랐다.

파라다이스의 싱그러운 초원에서 올려다보는 둥근 만월처럼 설렘으로 질식할 것 같은 달빛 향수가 아닐 수 없었다.

바로 포뮬러 재현에 들어갔다.

「톱 노트―흰색 감귤, 백화등, 메틸 다이하이드로재스모네이트, 블루벨」

「하트 노트―은매화, 빅토리아 연꽃, 아이리스」

「베이스 노트―시더우드, 버텔런, 베티베르, 시더우드」

피라미드 공식 따위는 안중에도 없지만 뼈대를 맞췄다. 이걸 궁금해하는 사람들이 많기 때문이었다.

한참이 지난 후에 재시향에 임했다.

제발.

저 둥근 달이 사라지지 않기를 바라며.

＊   ＊   ＊

흐음.

비커를 흔들고 후각을 집중했을 때, 강토는 보았다. 은은한 반짝임 속에서 떠오른 투명하고 청명한 달빛. 그 향에 취해 하늘을 보았을 때 현실의 밤하늘에서는 비가 내리고 있었다.

진짜 달을 착각한 게 아니라 향수가 달을 띄운 것이다.

아아.

신음과 함께 비커를 놓쳤다.

쨍강.

비커가 박살이 났다. 상관없었다. 포퓰러는 이미 강토의 머리에 있었다. 강토는 그 자리에서 움직이지 않았다. 바닥에 떨어진 향수가 빚어내는 달무리에 갇혀 버렸다. 거기 주저앉은 채 메리언에게 전화를 걸었다.

"메리언."

—강토, 목소리가 왜 그래요?

그녀가 긴장하고 있었다. 둘 사이의 호칭은 공식 석상 외에서는 강토로 바뀌어 있었다.

"좋아서요."

—정말요?

"그 향수… 마침내 완성하고 말았어요."

—달빛 향수?

"네."

—와우.

"이 향수가 완성되면 당신에게 청혼할 거라던 말 기억해요?"

—당연히 기억하죠. 얼마나 기다리고 있는데요.

"조금만 더 기다리세요. 이번에는 진짜 제대로 된 것 같아요."

—기도하죠. 당신을 위해, 우리의 사랑을 위해.

메리언의 목소리는 기억 속으로 멀어지고 강토의 회상은 제자리로 돌아왔다.

「천년의 달빛—thousand in full moon」

이 향수의 공식 이름이었다.

몇 가지 생각해 둔 것 중에서 하나를 골랐다.

이 작명만은 상미의 도움을 받지 않았다. 어쩌면 필생의 대표작이 될지도 모르기 때문이었다.

사앗.

알루미늄 병에 든 향수를 석은결의 보틀로 옮겼다. 제대로 된 용기에 들어가자 우아함이 한층 부각되었다. 향수의 완성은 뿌려질 때지만 상품의 완성은 병에 들어갈 때 끝나는 것이다.

—블랑쉬.

그에게 얻은 보석 향료들을 돌아보았다. 몇 년 동안 지칠 사이도 없이 뛰었지만 그 보석들은 많이 줄지 않았다. 그것들은 강토의 기준이기 때문이었다. 그러나 몇몇 향수에는 사용했으니 이 달빛 향수도 그중의 하나였다.

오우드와 베티베르, 재스민과 샌들우드, 그리고 시더우드…….

그 보물들 사이에 놓인 삼나무 향수 옆에 새 작품을 놓았다.

그러자 삼나무 향수병에도 은은한 광채가 깃들기 시작했다. 숲에 깃든 달빛이 따로 없었다.

완성된 천년의 달빛.

이제 강토 손에 있었다.

메리언과의 통화가 끝나고 세 달이 지난 지금, 공식 공개를 하는 것이다.

사실 아침 시향을 마친 후에 공개를 생각했었다. 그 환경이 자연스럽게 형성되었다. 그렇다면 더 이상 미룰 필요가 없었다.

"여러분."

달빛 향수를 들고 밖으로 나왔다.

"……!"

모두가 숨을 죽인다.

"여러분이 기다리던 바로 그 향수."

"달빛 향수?"

강토가 말하자 모두가 합창을 했다.

"완성품입니다. 처음으로 우리 멤버들에게 먼저 공개합니다."

"와아."

모두가 두 손을 모을 때 강토가 스프레이를 눌러 버렸다.

스스슷.

시향지가 아니라 허공이었다. 그런 다음.

딸깍.

전등을 꺼 버렸다.

"……?"

멤버들은 보았다. 낮은 선율로 다가오는 절정의 은은함과 청량함.

"달이 보여요."

태홍의 감상평이 먼저 나왔다.

"너무 은은하고 청아해서 질식할 것 같네요."

경수의 평도 이어진다. 그리고, 차례를 두고 모두가 일어섰다. 허공에 뜬 달을 마중하는 것이다. 그 판타지 사이로 강토의 또 다른 고백이 이어졌다.

"달빛 냄새 제대로 나? 그러면 메리언에게 프러포즈해 보려고"

강토가 문자 약속이라도 한 듯 모두가 엄지를 내밀었다. 강토 눈에는 그 엄지조차 보름달처럼 보였다.

짝짝짝.

멤버들은 박수로 프러포즈를 응원했다. 박수 소리와 함께 메리언의 번호를 눌렀다.

―꺄악.

강토의 프러포즈를 들은 메리언은 행복한 비명을 질렀다. 마침 그녀의 창에도 달이 떠 있었다. 한국과의 시차 때문에 달이 뜬 밤이었던 것.

사랑보다 위대한 판타지는 없다고 한다.

그러니.

메리언에게 뜬 달도 강토의 향수가 빚어낸 달빛이었을까?

6개월 후, 강토의 노란 방개차가 인천공항 주차장에 멈췄다. 강토가 내리자 상미와 다인, 이린도 그들의 차에서 멈췄다. 태홍은 맨 마지막에 내렸다.

"안 늦었지?"

상미가 시계를 체크했다.

"늦은 거 같은데?"

다인이 고개를 젓는다. 공항 쪽 분위기 때문이었다. 입국장 쪽으로 기자들이 몰려들고 있었다.

"가시죠."

태홍이 앞장을 섰다.

"윤강토."

공항이 가까워지자 손윤희가 손을 흔들었다. 그녀 옆으로 현아와 준서의 어머니가 병풍처럼 서 있다. 물론 현아도 함께 있었다.

"어머니도 오셨어요?"

강토가 그들을 반겼다.

"당연하지? 우리 아들 신붓감이 오는데?"

손윤희 목에 힘이 들어간다.

"얘가 어젯밤에 한잠도 못 잤단다. 며느리 볼 일에 마음이 설레서. 닥터 시그니처, 조심해. 메리언에게 시어머니 노릇 제대로 할까 봐 겁난다."

준서 어머니가 애정 어린 핀잔을 준다. 다인은 어느새 그녀 옆으로 가 있다. 준서와 결혼식을 올렸으니 다인은 그녀의 며느리였다.

"닥터 시그니처."

기자들이 몰려든다. 그들 사이에 서나연이 있었다.

"어? 부장님도 오셨네요?"

강토가 반색을 했다.

"당연하죠. 세기의 결혼식에 세기의 디자이너와 패션모델 군단이 오는 판인데……."

"흐음, 오늘 쉽게 넘어가지 않을 것 같은데요?"

"각오하세요. 3박 4일 동안 질문 공세 퍼부을 테니까."

"닥터 시그니처, 그리고 메리언, '향수 입은 패션' 패션쇼 말입니다. 세계적인 주목을 받고 있는데 성공을 확신하십니까?"

벌써부터 기자들의 공세가 시작되었다.

"절반은 확신합니다."

"예? 절반?"

칼같은 강토의 대답에 기자들 고개가 갸우뚱 돌아갔다.

"나머지 절반은 메리언이 채워 줄 테니까요."

"아……."

기자들의 예봉을 가볍게 피한 강토, 그 귀에 태홍의 목소리가 들렸다.

"나오네요."

예전처럼 가벼운 목소리가 아니었다. 태홍은 어느새 당당한 청년이 된 것이다.

그러나 베티는 아니었다.

"닥터 시그니처, 태홍."

여전히 에너지 넘치는 소녀의 이미지 그대로였다. 메리언의 군단의 선두에서 날아와 블레이드 러너의 탄력으로 솟아오르더니 강토의 이마에 키스부터 작렬했다.

"태홍이 먼저 해 줘야 하는 거 아니야?"

강토가 속삭였다.

"제 인생의 넘버원은 닥터 시그니처예요."

"메리언이 샘낼까 봐 그러지."

"어머."

그제야 화들짝 놀라 떨어지는 베티. 바로 목표물을 수정해 태홍의 입술에 키스를 퍼부었다.

"알라뷰."

베티는 거침이 없다. 태홍은 묵직하게 서서 그녀의 키스를 다 받아 주었다.

"강토."

메리언, 그녀가 강토 앞에 섰다. 세계 최고. 그런 수식이 너무 자연스러워진 메리언이었다. 이제 그녀는 세계 4대 패션쇼의 주요 초청 디자이너였고 많은 패션 기업들이 줄을 서 있었다.

그녀 뒤로 선 모델들의 면면이 보인다. 하나같이 예사롭지 않다. 그러나 그녀들 중에 네임드 스타는 없었다. 이번 패션쇼의 또 다른 주제였다. 매번 파격적인 주제를 다루는 메리언. 이번에는 패기 넘치고 특별한 신예 모델들로 그 역사를 꾸몄다. 그렇기에 모델들은 전부 3세계의 신예들이었다. 유명한 사람이라면 베티가 유일했다.

"보고 싶었어요."

메리언이 강토 입술에 키스를 찍었다. 어머니로 소개받은 손윤희의 손등에도 찍었다.

"할아버지는요?"

그녀가 물었다.

"집에서 할머니하고 요리 준비하고 계셔."

"할아버지 요리 솜씨가 셰프급이라니 빨리 가 보고 싶은데요?"

메리언이 웃었다.

펑펑.

강토와 메리언이 나란히 서자 카메라가 불을 뿜는다.

"패션쇼는 보도 자료를 받았지만 결혼식은 언급이 없습니다. 두 분 결혼식 콘셉트도 좀 발표해 주시죠."

기자들의 요청이 날아든다.

"죄송하지만 결혼은 사적인 일이고 패션쇼가 우선입니다."

메리언이 선을 긋는다. 일과 사생활을 완벽하게 구분하는 그녀. 그래서 더 사랑스러운 메리언이었다. 인파는 점점 더 몰려들었다. 강토와 더불어 포진한 손윤희, 그리고 현아 때문이었다. 현아의 할리우드 진출도 준수한 성공을 거두었다. 그녀는 조연상을 거머쥐었다.

시상식장이 백미였다.

듣보잡에 불과하던 동양의 배우. 그러나 시상식장에서는 지존이 되었다. 메리언과도 특별한 사이가 된 현아. 그녀로부터 시상식 드레스를 선물받은 것이다. 드레스는 단연 발군이었다. 주연상을 받는 여배우조차도 현아에게서 눈을 떼지 못했을 정도였다.

하지만.

그건 단지 드레스만이었다. 강토가 그냥 있었을까? 이미 약속도 했던 바, 체리 블라썸에 복숭아 향을 깃들인 환희의 향을 입혀 준 것이다.

시상식이 끝나자 많은 여배우들이 현아에게 몰려들었다. 그녀들의 말은 축하해요가 아니었다. 그보다 먼저 나온 말이 있었으니……

"향수 어디 거예요?"

—닥터 시그니처.

현아의 답은 한마디였다.

이후도 두 번 더 할리우드의 러브 콜이 있었다. 그 영화에서도 참신한 연기를 선보였다. 이후로 스타덤에 오른 것은 물론 팬덤까지 제대로 형성되었으니 그녀의 팬클럽도 총동원된 것이다.

"공항이 너무 혼잡해지니 나머지는 인사동 패션쇼에서 뵙겠습니다."

강토가 서둘러 정리를 했다. 기자들과 인파의 기세로 보아 밤을 새워도 끝나지 않을 것 같기 때문이었다. 이린이 신호를 보내자 사설 경호원들이 길을 뚫기 시작했다.

"어머니."

강토는 손윤희부터 챙겼다.

"고마워, 아들."

그녀 입이 함박꽃처럼 벌어진다. 이린과 경호원들의 사투(?) 끝에 겨우 차량에 도착했다.

"타."

강토가 노란 방개차의 문을 열었다.

"땡큐."

메리언은 키스부터 작렬한 후에 조수석에 탑승했다. 기자들과 팬들의 차량이 꼬리를 물고 쫓아온다.

세계 향수 시장 지배자 강토와 월드 패션 리더 메리언.

두 전설이 조인하는 패션쇼의 서막은 이렇게 올랐다.

*　　　　*　　　　*

"스타니슬라스 박사님, 메디치 사장님."

패션쇼가 열리는 아침, 하우스의 문을 연 첫 번째 귀빈은 스타니슬라스와 메디치였다. 메디치는 이제 피미니시의 대표가 되어 있었다.

"닥터 시그니처."

둘의 허그가 뜨겁게 시전되었다.

"거리에 향수 냄새가 가득하더군. 새로운 그라스를 보는 느낌이었어."

스타니슬라스가 말했다. 인사동 거리에 세팅한 향수 때문이었다. 이번 패션쇼는 거리가 중심이었다. 마무리는 하우스에서 하지만 그곳이 주 무대. 그렇기에 향수 세팅을 마치고 일주일 전부터 시범 향으로 분위기를 돋우고 있었다.

"메리언도, 결혼 미리 축하해요."

스타니슬라스는 메리언을 챙기는 것도 잊지 않았다.

"고마워요. 박사님."

메리언이 가벼운 포옹으로 응했다.

방송국의 카메라들이 경쟁적으로 돌아가기 시작했다. BBC와 CNN은 물론이고 메이저 통신사들과 유튜버들의 중계 경쟁도 불꽃을 튀겼다.

세계 4대 패션쇼의 주관자들과 보그 팀에 더해 엘르 팀도 빠지지 않았다.

"결혼식 끝나면 나하고의 약속 지켜야 해요."

팀을 이끌고 온 레이첼이 강토의 주의를 환기시켰다. 레이첼은 강토의 향수와 매칭되는 특별한 패션쇼를 열고 싶어 했다. 강토도 약속을 했었다. 그 채무(?)를 상기시키는 것이다.

이때부터 귀빈들이 까마득히 밀려들었다. 손윤희 사단의 행차는 말할 것도 없고 은나래와 우영자, 민유라 등도 일찌감치 출석(?)을 했다. 현아를 중심으로 하는 신예 연기자들도 십여 명이나 몰려왔다. 세기의 패션쇼와 세기의 결혼식이 같이 열리는 까닭이었다.

손윤희의 메리언 자랑은 끔찍(?)했다. 메리언 역시 그녀의 기대에서 벗어나지 않았다. 강토가 보아도 둘은 잘 어울리는 고부간이었다. 그렇다고 할아버지에게 소홀하지도 않다. 강토가 사랑할 수밖에 없는 여자가 메리언이었다.

그사이에 롤스로이스의 산드라가 도착했다. 루카트 회장의 축하를 전한다. 로베르토 역시 빠지지 않았다. 나아가 그라스의 알프레도도 참석을 해 주었다.

"선물입니다."

알프레도가 내놓은 건 알랑과 블랑쉬에 관한 논문이었다. 강토가 주장하던 것을 거의 그대로 담았다. 중요한 건 이제 그도 강토의 주장을 의심하지 않는다는 사실. 여기에는 강토가 가지고 있던 블랑쉬의 삼나무 향이 결정적인 역할을 했다. 그걸 시향 한 향수의 권위자들이 알랑과의 괴리감을 인정한 것이다.

너무 당연한 일이었다. 진짜 조향사들의 작품에는 그들만의 포뮬러가 있다. 알랑과 블랑쉬의 포뮬러 색깔은 완전하게 달랐다.

"고맙습니다."

강토가 감사를 전했다.

"내가 할 말이오. 덕분에 나도 그라스 향 역사를 제대로 공부했다오. 그런데⋯⋯."

강토를 바라본 알프레도가 뒷말을 이었다.

"또 다른 숙제를 얻었다오."

"숙제라고요?"

"바로 당신, 닥터 시그니처."

"⋯⋯?"

"연구를 하다 보니 당신과 블랑쉬의 포뮬러가 제대로 닮아서 말이오, 이제부터 당신 향의 세계를 한번 조명해 보려고 하는데 협조해 주겠소?"

그가 내미는 손을 잡으며 강토가 답했다.

"기꺼이."

에필로그
—
달빛 조향사

"닥터 시그니처."

뒤를 이은 귀빈은 일본의 츠바사와 그의 연인 모모카였다.

"축하 향수예요. 닥터 시그니처의 수준에 맞을지 모르지만."

그가 신작을 내밀었다. 아이리스 향이었다.

"츠바사 님."

놀란 강토가 고개를 들었다.

"여기저기 자료를 보니 닥터 시그니처가 아이리스 좋아한다고 해서요."

츠바사가 웃었다.

그다음은 상하이에서 만났던 샹란이었다. 이제는 무대공포증을 떨쳐 낸 그녀의 동생 리앙도 보였다.

그 후 중국은 물론, 유럽 무대까지 휩쓸며 주목받는 피아니스트로 자리매김을 한 리앙. 오늘은 아주 특별한 연주를 해 줄 계획이었다.

"그이의 선물이에요."

샹란은 굉장한 선물까지 가져왔다. 풍자 향과 소합 향, 그리고 나감 향이었다. 아주 귀한 향들이다. 강토에게 주려고 일부러 준비한 게 틀림없었다.

"너무 고맙다고 전해 주세요."

강토도 최대한의 예의를 표했다.

"대표님."

그때 이린이 달려왔다.

"왜?"

"영국의 샤론 공주님께서……."

"샤론 공주님?"

강토가 고개를 들었다. 그랬다. 샤론의 체취가 다가오고 있었다. 바로 문 앞이었다.

"닥터 시그니처."

그녀가 들어섰다.

"공주님, 오실 줄 몰랐습니다."

"당연하죠. 놀래켜 주고 싶었거든요. 이건 여왕 폐하의 결혼 선물이에요."

"선물까지······."

"폐하께서 직접 오시고 싶어 했는데 장시간 비행은 좀 무리라서 말이죠. 해서 제가 대사의 임무까지 지고 왔어요."

"고맙습니다."

"세기적 향수와 패션의 만남이라, 기대가 커요."

공주 뒤로 들어서는 명사들이 보였다. 금란백화점의 박광수 회장 부부와 구혜선 부부, 작은아버지와 동료 의사들, 향일 스님과 지승 스님, 라파엘과 이창길 교수, 유쾌하 이사와 오연지 실장, 차현서 팀장에 제이미와 주디, 그리고 권혁재 부부까지······.

심지어는.

컹컹.

이제 어엿한 성견이 된 두 비글, 페리와 셰리도 참석을 했다.

펑펑.

강토가 두 비글을 안아 올리자 방송국과 유튜버들의 카메라가 바쁘게 돌아갔다.

"대표님."

이린이 패션쇼 타임을 알렸다. 인사를 마무리하고 대기실로 향했다. 그 안은 다시 전쟁 통이었다. 모델들은 의상 세팅을 하느라 분주했다. 그들 가운데 태홍이 보였다.

오늘 태홍은 모델이 아니었다. 대신 강토 향수를 세팅해 주는 향수 감독의 역할을 맡았다.

"대표님."

강토와 메리언이 들어서자 태홍이 돌아보았다.

"문제없지?"

"물론이죠. 딱 한 가지만 빼고요."

"뭐?"

"제가 향수에 중독되는 것 같아서요. 르네상스에서 우주까지, 장미에다 재스민, 아기 향수와 그린 시프레, 해방감의 해변 향수… 향수의 파라다이스가 따로 없으니 그냥 쓰러지고 싶을 정도예요."

"그럼 쓰러져. 대신 잘릴 각오하고."

강토가 장단을 맞췄다. 그 정도 케미는 되는 강토와 태홍이었다.

인사동 거리는 일찌감치 초만원을 이루고 있었다. 6개월 전부터 홍보한 덕분에 외국인 관광객들도 많았다. 그들 사이에서 반가운 얼굴들이 손을 흔들었다. 추진진 부부와 루엔, 우췬페이였다.

"추진진, 우췬페이, 루엔."

강토가 알은체를 하자 세 사람이 팔을 흔들며 화답했다. 아마도 조금 늦게 도착하는 바람에 인파에 막혀 하우스에 들어

오지 못한 것 같았다.

"와아."

함성의 원인은 향수였다. 첫 번째 런웨이를 암시하는 향수가, 건물에 설치된 분사 장치에서 쏟아져 나온 것이다.

모델들이 워킹을 시작했다. 런웨이는 그냥 도로였다. 밀라노의 박물관 패션쇼를 벤치마킹한 메리언의 제안이었다.

「일상 속에서 펼쳐지는 패션쇼. 사람과 함께 숨 쉬는 패션쇼」.

그녀의 의도였다.

"콜."

강토는 두말없이 그 뜻을 받았다. 그건 강토도 꿈꾸던 일이었다.

"아아……"

시민들이 자지러지기 시작했다. 한 번은 메리언의 패션에 놀라고 두 번은 그들이 풍기는 향수에서 놀랐다. 런웨이는 네 개의 주제를 펼쳤고 그때마다 향수도 다르게 분출되었다.

패션쇼에는 세 개의 꽃이 물결을 이루었다.

하나는 의상이었다. 메리언은 강토의 향수가 주는 이미지를 패션으로 승화시켰다. 그건 정말 입는 꽃이었다. 두 번째 꽃은 당연히, 그걸 입은 모델들이었다. 때로는 일치, 또 때로는 강렬한 대비의 의상을 입은 모델들은 꽃을 입은 꽃이었다.

세 번째 꽃은 향수였다.

강토가 향으로 그려 낸 꽃.

그 꽃은 앞선 두 꽃을 더욱 돋보이게 만들었다.

패션.

모델.

향수.

세 꽃이 인사동 거리를 물들였다. 세계의 패션 관계자들은 메리언이 펼치는 또 하나의 컬러 감각에 숨을 죽였다. 내년, 내후년… 어떤 트렌드가 몰려올지 알 것 같았다.

네 가지 런웨이의 마무리 이벤트는 베티의 몫이었다. 아이리스를 상징하는 순백의 흰 드레스를 입고 나온 베티, 런웨이의 중앙에 이르자 뒤를 이은 모델들이 드레스의 양쪽 레이스를 잡아챘다. 그러자 흰 드레스가 수백 조각으로 나뉘어 날아올랐다.

"아아."

조각을 잡은 군중들이 자지러졌다. 흰 조각에는 향수가 먹여져 있었다. 한 가지도 아니었다. 아이리스부터 장미까지. 오늘 동원한 향을 고루 먹인 조각들이었으니 군중들을 홀리기에는 충분하고도 남았다.

하지만.

군중들은 거기 오래 홀릴 시간도 없었다. 긴 드레스를 벗어 버린 베티 때문이었다. 그녀의 로봇 다리는 고스란히 드러나 있었다. 의상은 열대 해변의 차림으로 변했다.

때를 맞춰.

허공에서 분사되는 향수도 변했다.

"......?"

군중들이 고개를 들었다. 해변 향이었다. 작렬하는 햇살 아래의 맑은 모래알들. 햇빛에 달아오른 해변의 냄새가 야자수 냄새와 함께 나른하게 깔린 것이다.

"해변 냄새야."

"닥터 시그니처의 해방 향수야."

군중 중의 몇 명이 외쳤다.

우아하던 베티의 워킹이 신나는 율동으로 변한다. 음악도 빨라지고 향수도 변했다. 그 뒤로 모든 모델들이 뛰어나왔다. 모델들은 자유 복장에 맞춰 강토의 히트작 향수를 세팅했다. 자유분방한 해변의 클럽. 그걸 옮겨 온 듯한 광경이었다.

─월하향의 달빛 속삭임.

─수선화를 하트 노트로 내세운 순수의 결정판 두근두근 설렘으로.

─은나래의 뮤게 노트 마종뿌.

─재스민 단일 노트 향 우아 in 아런.

─장미 단일 노트 향 For 수고한 나.

—아이리스 단일 노트 향 팬터지 on 블랑쉬.

—그리고, pure Moon의 햇살마중과 밤에 뜬 wild Sun, 영국 여왕의 향수, 가장 최근에 빅 히트를 친 명작 그린 시프레와, 알데히드 C18 푸르놀리드를 내세운 해방감 만끽의 해변 향까지.

물론, 재미난 성격의 모델 한 명은 좀비 향수도 소환을 했다.

한 물결이 지나자 다른 분위기가 펼쳐졌다. 메리언의 히트 디자인에 강토가 향수를 입힌 것이다.

세팅에 이린과 멤버들까지 동원되었다. 같은 계열끼리 레이어링도 하고 다른 계열끼리의 레이어링도 했다. 무거운 향수와 가벼운 향수도 매칭을 시켰고 강토가 새로 유행시킨 좌우 매칭법도 적용시켰다. 오른쪽에 프루티를 뿌리면 왼쪽에는 플로럴을 뿌리는 식이다. 소코트라의 엘라에게서 힌트를 얻은 이 매칭법은 기존의 상하 레이어링 못지않은 유행이 되었다.

부향률이나 지속력 따위는 신경 쓸 것도 없었다. 강토의 향수는 기본이 12시간이기 때문이었다.

때를 맞춰 초혜를 중심으로 한 선민대 조향학과 봉사단이 미니어처들을 나누어 주었다.

두 개가 하나인 세트의 인기는 하늘을 찔렀다. 병이 깜찍하니 은나래와 우영자 등의 연예인들도 체면 내려놓고 손을 내밀 정도였다.

향기 뿜뿜거리는 분위기 속에서 모두가 어우러졌다. 배경음악이 높아지자 군중도 동참을 했다. 그 대단원이 가까워질 때 강토와 메리언이 나왔다.

"감사합니다. 여러분."

모델 군단을 거느린 메리언이 군중의 성원에 감사를 표했다. 카메라가 미친 듯이 달려든다. 잠시 숨을 고른 메리언, 모두가 심쿵 할 만한 빅뉴스를 공개했다.

"이 특별한 패션쇼를 기억하기 위해 닥터 시그니처의 특별한 발표가 있겠습니다."

메리언이 강토를 돌아보았다.

"오늘 쇼의 수입은 모델들의 모델비를 제외한 일체를 가난한 나라에 기부하겠습니다."

강토의 멘트는 산뜻했다. 인산인해를 이룬 인사동 거리 패션쇼. 피날레를 알리는 멘트였다.

"와아아."

군중의 함성이 인사동을 뒤덮는다. 강토와 메리언은 그들 안으로 들어갔다. 시민 한 명 한 명과 악수를 했다. 베티와 모델들도 그랬다. 인증 샷이 불을 뿜는다. 강토와 메리언은 싫은 기색도 없다. 향수 세팅을 원하면 해 주었고 사인도 원하면 해 주었다.

"태홍."

곁으로 다가선 베티가 눈빛을 던졌다.

"응?"

"우리도 닥터 시그니처처럼 유명하고 사랑받는 커플이 되자."

"오케이."

태홍이 베티의 손을 잡았다.

*   *   *

기하학적 반달 모양의 향수병이 흰 손으로 건너갔다.

"강토……."

향수를 받아 든 메리언의 목이 잠긴다. 이 향수가 무엇인지, 그녀는 알고 있었다.

강토가 건네준 건 바로 달빛 향수였다. 제일 먼저 메리언에게 바치는 헌정 향수였다.

"보틀이 너무 멋져요. 향수는 말할 것도 없지만."

"당신에게 바치는 향입니다."

강토가 시향지를 내밀었다.

"아아……."

향을 맡은 메리언이 감격에 몸을 떤다.

"고마워요. 이 감격은 죽을 때까지 간직할게요."

메리언의 키스가 강토 입술에 닿았다.

"직접 뿌려 주세요."

그녀가 몸을 맡겨 왔다.

스슷, 스슷.

강토는 두말없이 분부(?)에 따랐다.

향을 받은 메리언은 하나의 달빛이 되었다. 은은하고 소리 없지만 자애로운 기운으로 세상을 속속들이 비춰 주는 달빛……

"신랑 신부 입장합니다."

마침내 결혼식을 알리는 멘트가 나왔다. 현아 목소리다. 사회는 그녀가 보기로 되었다.

강토가 처음으로 자리를 잡았던 하우스가 결혼식장이었다. 화환에서 떼어 낸 리본만 해도 둘 자리가 없었고 공간 역시 발 디딜 틈이 없어 담장 너머로 구경하는 사람이 태반이었다.

수많은 귀빈들 앞자리에 손윤희가 보였다. 할아버지와 할머니, 작은아버지 부부도 자리를 빛냈다.

'형님, 형수님……'

작은아버지 눈시울이 뜨거워진다. 불의의 사고로 두 사람을 보내고 강토의 앞길을 막았다는 자책에 시달리던 작은아버지. 회한의 시간들이 북받쳐 올랐다.

할아버지의 손이 작은아버지를 토닥거렸다.

—괜찮아.

─전화위복이 되었잖아.

그런 위로였다.

할아버지의 의미처럼 강토는 부활했다. 후맹과도 같은 좌절을 딛고 세계 조향의 역사를 다시 쓰고 있는 강토. 바로 윤종범의 손자이자 윤창호의 조카였다.

당다라당 당다라당.

웨딩 마치 연주가 시작되었다. 신랑 신부 자리에 향수가 피어오른다. 강토의 거품 향이다. 하얀 솜털처럼 날아오른다.

피아니스트는 샹란의 여동생 리앙이었다. 이 곡을 쳐 주기 위해 중국에서 날아온 그녀였다.

짝짝짝.

빛나는 박수와 함께 신랑 신부가 등장을 했다. 메리언이 직접 디자인하고 재봉질까지 마친 둘의 예복은 눈이 부실 정도였다. 하지만 그보다 더 빛나는 게 향수였다.

강토가 뿌린 건 아이리스 향이었고 메리언의 것은 달빛 향수였다. 사람들은 보았다. 신랑 신부의 자리에 오롯한 흰색 아이리스와 은은한 달빛······.

어떻게 보면 강토와 메리언이었고 또 어떻게 보면 흰 아이리스와 달빛이었다.

이제 상미와 다인을 필두로 한 블랑쉬의 멤버들이 나왔다. 그들 모두의 손에는 강토에게 헌정하는 창작 향수가 들려 있었다. 멤버가 결혼하면 향수를 만들어 주기. 그 전통의 세 번째 구현이었다.

"땡큐."

강토가 웃었다.

"여러분."

멤버들이 자리로 돌아가자 강토가 입을 열었다.

"오늘 저희 결혼식을 맞아 신작 향수를 발표합니다. 제가 메리언을 위해 만든 달빛 향수, 바로 천년의 달빛입니다."

강토의 인사말과 함께 사방에서 달빛 향수가 분사되었다. 리앙의 연주가 클라이맥스인 드뷔시의 달빛을 향해 달려간다.

"아아."

귀빈들이 몽롱해진다. 이제는 선율까지 달빛이었다. 그 달빛 아래서 강토의 키스가 메리언에게 건너갔다. 우아하고 또 우아하게.

쪽.

이후 출시된 달빛 향수는 매년 밀리언셀러가 되었다.

「시대를 달리한 두 향수 천재의 명작―신도 구분하기 힘든 싱크로율 99.9%의 신묘한 어코드」

백만 번째 병입된 향수는 위의 타이틀과 함께 최고의 향수 박물관에 영구 소장 되었다. 우비강을 비롯해 역사적인 가치가 있는 향수만이 올라가는 그 공간이었다.

블랑쉬가 남긴 삼나무 향수 바로 옆자리. 나란한 두 향수
는 오래오래 향수의 역사가 되었다.

『달빛 조향사』完.